Quand les feuilles tremblent

Litan GAYARD

Illustration de la couverture Vassile (ethereal_rabbit sur Instagram)

Couverture par Getcover

Contact : litan@lesouffledelitan.fr

ISBN: 979-10-979031-2-1

Version brochée vendue au prix unique de 15,00 €

1re édition

Dépôt légal : Février 2026

Chapitre 1

— Adé… tu es sûre que c'est une bonne idée ? demande Alban d'une voix basse.

Adélaïde range la Clio grise de ses parents le long du mur d'enceinte du cimetière de Saint-Georges. Alban fixe ses mains posées sur ses genoux. Il jette un bref regard sur sa tenue, sans savoir si elle lui donne du courage ou le rend encore plus nerveux.

Les parents d'Adélaïde pensent qu'ils vont à une petite soirée tranquille chez une amie. Ce n'est pas faux, juste… pas tout à fait exact. Alban déteste mentir à ceux qui l'ont toujours soutenu. Leur bienveillance rend le mensonge encore plus inconfortable.

Adélaïde coupe le moteur et se tourne vers lui, un sourire éclatant aux lèvres.

— Oui ! C'est la meilleure idée du siècle ! Tout à l'heure, tu m'as dit que tu te sentais bien… Et ça se voyait. Tu étais épanoui.

Alban laisse échapper un rire nerveux.

— Je suis fou. Et inconscient.

— Tu as le droit de porter ce qui te fait du bien. Surtout ce soir.

La robe est douce contre sa peau, le tissu flotte autour de ses jambes à chaque mouvement. Les collants opaques le couvrent comme il le voulait, les bottines plates le gardent les pieds sur terre. C'est étrange, mais pas désagréable. Différent. Il se surprend même à préférer cette silhouette à son reflet habituel, quelque chose de réconfortant dans cette masculinité tranquille, qui n'a rien à prouver à personne

— Merci pour tout ce que tu fais pour moi.

Adélaïde lui prend le menton, l'oblige à la regarder. Ses yeux brillent dans la pénombre.

— Tu sais que t'es courageux, hein ?

— Merci, souffle-t-il. J'ai… j'ai surtout pensé à me sentir bien, pour une fois. Et seulement après à tout le reste.

— Tout va bien se passer.

Elle sort de la voiture la première, Alban la suit, les jambes tremblantes. Adélaïde lui tend la main et il s'y accroche. Elle replace une barrette nacrée dans ses cheveux, un geste si tendre qu'il en oublie un instant la peur.

Ils franchissent le portail entrouvert du cimetière. Des guirlandes lumineuses serpentent entre les tombes, accrochées aux branches des cyprès. Le granit poli reflète des lueurs rosées. Un groupe électrogène ronronne quelque part, alimentant une sono qui crache de la musique électro. Un parfum de résine monte des arbres, mêlée à celle de la bière renversée. Des silhouettes dansent, rient, trinquent. L'air de juin est agréable, chargé d'une odeur d'herbe coupée.

Alban se demande encore pourquoi il a accepté de venir. Il déteste les fêtes, le bruit, la foule. Mais la robe ?

Il avait imaginé que la robe lui donnerait du courage, comme si enfiler du tissu fluide lui permettait de glisser hors de l'image trop rigide qu'on attendait de lui. Sur le moment, ça lui avait paru… juste. Dans sa tête, l'idée lui avait semblé drôle : un garçon qui débarque en robe à une fête clandestine. Mais maintenant, avec les regards qui commencent à se tourner vers lui, la réalité lui semble beaucoup plus lourde. Une fraîcheur brusque glissa entre les tombes, heurtant ses jambes comme un rappel du lieu.

Puis il croise le regard d'Adélaïde. Elle rayonne, excitée comme une enfant devant un manège. Son enthousiasme est contagieux. Il inspire et se laisse entraîner vers le cœur de la fête.

Un frigo bricolé trône près d'une tombe imposante, rempli de bières et de bouteilles de vodka bon marché. Des lycéens s'agglutinent autour, rient trop fort, se poussent du coude. Alban reconnaît quelques visages de sa classe, d'autres lui sont inconnus.

Par moments, un éclat de rire se répercute contre un caveau comme si le cimetière lui répondait.

— Woah ! Alban !

Louise surgit de nulle part, petite silhouette brune au carré strict, un verre de kombucha à la main, les yeux écarquillés. Elle ouvre la bouche, la referme aussitôt. Son regard glisse sur la robe, remonte vers son visage, et un léger rose lui colore les joues.

— Wow… ok, je… je pensais pas dire ça mais… ça te va super bien ! Genre… vraiment.

Elle se racle la gorge, comme si elle regrettait d'avoir parlé trop vite.

— Tout le travail revient à Adélaïde, sourit Alban

— Mais l'idée revient à Alban, intervient-elle en lui pressant la main. Super idée. Alban.

Victor arrive à ce moment-là.

—J'ai cru que tu n'allais pas venir, tu es venue sans…

Il suit le regard d'Adélaïde, tombe sur Alban en robe.

— Ah.

— Salut, dit Alban.

Victor reste immobile, sourcils froncés.

— C'est… sérieux ? demande-t-il enfin. C'est une blague ?

— Non, répond Adélaïde. C'est Alban.

— Ouais, non mais… vous êtes bien ensemble, non ?

— Oui.

Victor cligne des yeux, perdu.

— D'accord, ben… j'essaie juste de comprendre. Je savais pas que t'étais dans… ce genre de trucs.

— Quel «genre de trucs», Victor?

Il s'agite, gêné.

— J'sais pas… j'ai jamais vu ton mec en robe, quoi. Ça surprend.

Alban baisse les yeux. Adélaïde s'avance d'un pas.

— Il fait rien de bizarre. Il est juste lui-même.

Victor souffle, secoue la tête, un peu honteux.

— Ouais, ok. Désolé si j'ai dit un truc con. C'est juste… nouveau pour moi.

Il jette un regard bref à Alban, mal assuré.

— Tu viens?

— Je reste un peu avec Victor.

— D'accord. Je t'appelle si ça va mal.

— D'accord.

Elle lui dépose un baiser rapide sur la joue et s'éloigne. Alban la regarde disparaître, une partie de lui voulant la retenir, l'autre sachant qu'il doit affronter ça seul. Louise regarde Alban. Elle hésite, passe une mèche derrière son oreille, puis lui lance un sourire timide.

— Il y a du Kombucha si tu veux?

— Je vais en prendre, dit Alban

Ils se dirigent vers la table aux boissons, Alban prend un verre en plastique et se sert du Kombucha.

Louise s'approche un peu trop près de lui, puis recule

de quelques centimètres, comme surprise par sa propre impulsion.

Elle tourne son verre entre ses doigts, évitant brièvement son regard avant de se lancer.

— Donc les rumeurs sont vraies ?

— Quelles rumeurs ?

— Les rumeurs disent qu'Adélaïde voit d'autres mecs… et avec Victor c'était assez clair.

— Où est le problème ? On est d'accord tous les deux. Tu vas pas me juger, si ?

— Non je suis curieuse, c'est trop bien votre ouverture d'esprit, par exemple si une meuf… où un mec t'attire sexuellement, tu pourrais coucher avec la personne ?

— En théorie oui, mais je ne l'ai jamais fait.

Louise acquiesce trop vite. Son regard s'attarde une seconde de trop sur sa bouche, puis elle détourne les yeux, embarrassée.

Alban parle avec assurance. D'ordinaire, c'est lui qui cherche ses mots, ce soir, c'est elle qui les perd.

Elle ouvre la bouche comme pour ajouter quelque chose, puis renonce, mordant l'intérieur de sa joue.

Un autre camarade de classe approche, un grand brun nommé Téo. Il les salue, puis son regard s'attarde sur Alban.

— Alban, c'est bien toi ?

— Ouais…

La panique monte, une vague froide qui lui serre la poitrine.

— Franchement, c'est très réussi ! J'aime bien les manches, dit-il en désignant le tulle transparent. Ça te fait un style… je sais pas, poétique ?

— Merci.

Téo lui sourit, sincère.

Un petit groupe de garçons de terminale passe près d'eux : l'un détourne le regard en se mordant la lèvre, un autre ricane. Rien de méchant, juste de la gêne brusque.

Alban reste figé, un verre de Kombucha à la main, incapable de sortir un autre mot. Pourtant, quelque chose se détend en lui. Il se sent bien dans sa peau, malgré tout. Ou peut-être à cause de tout.

La soirée se déroule comme un rêve étrange. Un caveau ancien, envahi de lierre, disparaissait presque sous les guirlandes qui l'éclairaient par éclats. Alban reste avec Louise, rejoint par d'autres camarades de classe. Ils jouent à des jeux stupides, vérité ou défi, beer-pong improvisé sur une pierre tombale, et personne ne fait de remarque déplacée sur sa tenue. Au contraire, les compliments s'enchaînent.

— T'es trop stylé, Alban.

— J'aurais jamais osé, moi.

— Ça te va super bien, sérieux.

Chaque mot le surprend, le réchauffe. Pour la première fois depuis longtemps, il se sent intégré, accepté.

Les heures filent. La musique change, les conversations dérivent. Alban observe les étoiles entre les branches des arbres, écoute les rires qui résonnent contre les pierres tombales. L'ordre rigoureux des tombes amplifiait encore le chaos joyeux de la fête. Il pense à Adélaïde, se demande où elle est, ce qu'elle fait. Mais il ne s'inquiète pas.

Vers deux heures du matin, elle réapparaît. Victor, torse nu la suit, les cheveux en bataille, un sourire béat aux lèvres. Alban sent un bref pincement au cœur, qu'il chasse aussitôt. Leur relation avait toujours fonctionné ainsi : libre, souple. Il avait déjà vu Adélaïde avec d'autres, et si un léger pincement apparaissait parfois, il ne s'y accrochait jamais. Adélaïde s'approche d'Alban, les joues rosies, les yeux brillants.

— Tout se passe bien, Alban ?

— Oui, tout se passe bien. Et toi ?

— Oui. Ça te dirait de rentrer ? Je suis crevée et j'ai la flemme de dormir dans une tente.

— Oui, ce sera plus raisonnable.

Alban dit au revoir à ses camarades, échange quelques accolades maladroites, puis suit Adélaïde vers la sortie. L'homme torse nu disparaît dans la foule sans un mot. Ils remontent dans la voiture, le silence retombant comme une couverture douce.

Adélaïde démarre, jette un coup d'œil à Alban. Un sourire flotte sur ses lèvres.

— À ton sourire, j'imagine que ça s'est bien passé ?

— Adélaïde, je me sens trop bien. Merci beaucoup.

— Avec plaisir. Même si c'est toi qui as fait le gros du boulot.

Il secoue la tête, mais ne dit rien. Les mots ne suffiraient pas, de toute façon.

La voiture glisse dans les rues endormies de Saint-Georges. Les lampadaires défilent, projetant des ombres mouvantes sur le visage d'Alban. Il regarde par la fenêtre, la robe froissée contre ses jambes, le vernis à ongles écaillé. Le lilas pâle a pris des reflets presque argentés sous les lampadaires, et ses manches de tulle frémissent encore à chaque respiration.

Ils arrivent chez elle. Adélaïde se gare dans l'allée, coupe le moteur. Ils sortent sans bruit, montent sur la pointe des pieds jusqu'à la porte. La maison est plongée dans l'obscurité, les parents d'Adélaïde endormis depuis longtemps.

Ils montent l'escalier sans faire de bruit, se glissent dans la chambre d'Adélaïde. Alban retire la robe avec précaution, la plie sur une chaise. Ses doigts tremblaient : il n'aurait jamais imaginé qu'un simple tissu puisse laisser une empreinte aussi vive. Adélaïde enfile un t-shirt trop grand, se démaquille devant le miroir.

Ils se couchent côte à côte, les draps frais contre leur peau. Adélaïde pose sa tête sur l'épaule d'Alban, ses cheveux blonds étalés sur l'oreiller.

— Tu as été incroyable ce soir, murmure-t-elle.

— Toi aussi.

Elle sourit, ferme les yeux. En quelques minutes, sa respiration se fait régulière, profonde. Alban reste éveillé un peu plus longtemps, fixant le plafond dans la pénombre. Il pense à la nuit, à la peur qui s'est transformée en joie, à la surprise d'être accepté.

Il pense à lui-même, à cette partie de lui qu'il explore, sans hâte, sans jugement. Il sent qu'un pas vient d'être franchi, discret mais décisif : quelque chose en lui a changé. Leur lien étrange, précieux, l'enveloppe. Il s'endort.

Chapitre 2

Alban pousse la grille du lycée, et la chaleur lui tombe aussitôt sur la nuque. Saint-Georges suffoque déjà alors que juin ne fait que s'annoncer. Il avance, le jean délavé collé aux jambes, un t-shirt gris trop large flottant sur ses épaules. Transparent. Anonyme.

Les élèves le frôlent, le bousculent sans le voir, absorbés par leurs groupes, leurs rires, leurs conversations.

Alban traverse la cour, les yeux rivés au bitume. Le sycomore centenaire projette son ombre immense, un îlot de fraîcheur au milieu de la fournaise naissante. Il lève la tête vers les branches, cherchant un peu de réconfort dans la présence familière de l'arbre.

Mais quelque chose cloche.

Une agitation inhabituelle gronde près de l'entrée

principale. Des élèves se tassent devant la porte vitrée. Alban s'approche, se faufile entre les corps. Une affiche administrative est collée sur la vitre, imprimée sur du papier blanc officiel, bordée du logo du lycée. Les lettres noires se détachent avec une netteté brutale.

AFFICHAGE OFFICIEL — À L'ATTENTION DES ÉLÈVES DE PREMIÈRE ET TERMINALE

Il lit. Les mots défilent, précis, organisés. Les épreuves du bac délocalisées à Castelcerf. Les navettes gratuites. Les horaires de départ. Tout est détaillé, minuté, expliqué. Puis, tout en bas, presque noyée dans le texte, une phrase courte, presque anodine :

INFORMATION ANNEXE : ABATTAGE D'UN ARBRE

Dans le cadre des travaux de sécurisation du site, l'arbre situé dans la cour sera retiré à partir du 10 juin 2025.

Le 10 juin. Le jour du commencement des épreuves du bac. Une semaine.

Alban comprend soudain : ils vont couper le sycomore pendant que les élèves passeront leurs épreuves ailleurs. Personne ne sera là pour voir. Pour protester.

Alban relit la phrase, encore et encore. Les mots ne changent pas. Le sycomore. Retiré. Comme si on parlait d'un meuble encombrant, d'un objet sans importance. Aucune explication. Aucune justification. Juste une mention éclipsée, perdue au milieu des informations pratiques sur les transports et les horaires.

Son cœur se serre. Le sycomore. Il a toujours été là. Un repère. L'endroit où il s'assoit avec Adélaïde, dessine pendant les pauses. Cet arbre qui fait partie du paysage, de l'identité du lieu. Et ils vont le couper dans une semaine. Comme ça, sans aucun respect.

Il reste figé devant l'affiche, incapable de bouger. Les élèves autour de lui continuent de parler, de rire, de s'indigner mollement. Mais personne ne semble vraiment choqué. Tout le monde savait que les racines avaient levé le bitume à plusieurs endroits et que l'arbre devenait dangereux.

— Je suis désolé.

Alban sursaute. Nathan se tient à côté de lui, les mains dans les poches, le visage grave. Il fixe l'affiche, les mâchoires serrées.

— Tu as vu la nouvelle. Ils vont couper le sycomore.

Alban confirme d'un signe de tête, incapable de parler. Sa gorge est nouée.

— Il faut qu'on organise quelque chose, reprend Nathan. On ne peut pas rester les bras croisés.

— C'est compliqué avec mon père en ce moment. Il attend que je réussisse mon bac, que je reste dans les clous. Si je commence à m'agiter pour un arbre…

Il s'interrompt, incapable de finir sa phrase.

Nathan fronce les sourcils.

— Et alors ? On a une semaine, Alban. Tu crois qu'on peut se permettre d'attendre ?

— Je crois qu'on ne peut pas agir sans réfléchir.

— Réfléchir ? Tu veux dire attendre que quelqu'un d'autre trouve une solution ? Tu ne veux pas t'impliquer, c'est ça ?

Les mots claquent comme des gifles. Alban recule d'un pas.

— Ce n'est pas ça. Je veux sauver le sycomore autant que toi.

— Mais pas assez pour te froisser avec ton père.

Nathan soupire, passe une main dans ses cheveux.

— Tu ne crois même pas qu'on peut gagner, lâche Alban, la voix brisée. Alors pourquoi tu me demandes de me battre avec toi ?

Le silence s'étire, pesant.

— Parce que je refuse d'abandonner sans rien tenter, finit par dire Nathan, la voix basse. Même si c'est perdu d'avance. Et je pensais que toi, au moins, tu serais avec moi.

La sonnerie retentit. Les élèves se dispersent. Nathan jette un dernier regard à Alban.

— Je voulais juste que tu sois du côté de ceux qui agissent. Pas ceux qui regardent.

Il tourne les talons et disparaît dans le flot des élèves.

Alban reste seul devant l'affiche. Les mots s'effacent, brouillés par l'émotion. Il sort son téléphone, hésite quelques secondes. Ses doigts tapent un message :

Ils vont couper le sycomore. Je crois que… j'ai besoin de toi.

Il relit, le cœur serré, puis efface tout avant même de

réfléchir. Il range son téléphone comme si le simple fait d'avoir écrit ces mots était déjà trop.

Il inspire, essuie ses yeux. Les élèves ont disparu, les couloirs se vident. Il doit aller en cours. Il doit faire comme si de rien n'était. Comme si le monde ne venait pas de basculer.

Mais avant de partir, il jette un dernier regard au sycomore. L'arbre se dresse, majestueux, indifférent à son sort. Les feuilles bruissent, comme un dernier murmure.

Alban serre les poings. Il ne sait pas encore ce qu'il va faire. Il ne sait pas s'il trouvera le courage de parler à son père, de se battre pour cet arbre. Mais une chose est sûre : il ne peut pas rester les bras croisés. Pas cette fois.

Il tourne les talons et se dirige vers sa salle de classe, le cœur lourd, l'esprit en tumulte. Derrière lui, le sycomore continue de bruire, comme s'il lui murmurait un dernier encouragement.

Chapitre 3

La cantine se vide peu à peu. La chaleur de juin pèse sur la cour, où les groupes d'élèves s'éparpillent sous ce qu'il reste de l'ombre du sycomore. Adélaïde se tient près du distributeur, une bouteille d'eau entre les doigts. Elle observe un instant la cour, avale sa fierté, puis se dirige vers trois filles assises sur un banc.

— Salut, lance-t-elle.

La brune relève la tête, un sourire poli, trop poli, aux lèvres.

— Oh… salut, Adélaïde.

— Vous avez vu l'affiche ce matin ? Ils vont couper le sycomore lundi prochain. On devrait faire quelque chose.

Un bref échange de regards. La brune lâche :

— Adélaïde… tu fais ça pour racheter ton image.

Le mot la frappe de plein fouet.

— Quoi ? Mais ça n'a rien à voir avec.

La rousse secoue la tête.

— Désolée. On n'a pas envie d'être associées à toi.

Elles se lèvent. En trois secondes, elle se retrouve seule. Le coup est sec, net. Elle ravale sa honte, inspire, et se dirige vers un groupe de garçons assis sur les marches.

— On doit se mobiliser pour le sycomore, dit-elle en s'efforçant d'avoir l'air sûre d'elle.

Le blond la dévisage, un sourire en coin.

— Pourquoi on te suivrait, toi ?

— Parce que c'est important.

Un brun ricane.

— Personne veut de toi comme leader. Avec ta réputation…

La colère lui brûle la gorge.

— Ma réputation n'a rien à voir avec ça !

— Si, répond le blond. Tout le monde en parle.

Ils se retournent vers leur discussion, l'ignorant déjà. Elle sent sa poitrine se serrer. Elle refuse de céder. Pas maintenant.

Un peu plus loin, un garçon l'interpelle. Grand, brun. Elle le reconnaît : une nuit, il y a quelques mois.

— J'ai entendu ce que tu veux faire, dit-il. Pour l'arbre.

Elle serre la mâchoire.

— Et alors ?

Il s'approche, trop près.

— Je peux t'aider… mais ça se paie.

Elle recule, le cœur battant.

— Hors de question que je couche avec toi.

Il rit.

— Dommage. La dernière fois, t'avais pas l'air de refuser.

Elle reste figée, tandis qu'il s'éloigne comme si de rien n'était.

Elle respire, se tourne vers un dernier groupe. Des élèves de première, assis sous l'arbre. Elle s'avance, une dernière tentative.

— Salut… Pour le sycomore… On devrait faire quelque chose.

La blonde mâche son chewing-gum, blasée.

— On veut pas être associés à toi.

— Sérieux ?

Un garçon hausse les épaules.

— Ouais. Et on veut pas de toi comme porte-parole. Désolé.

Pas un regard, pas une explication. Juste l'indifférence. Elle sent ses yeux picoter. Non. Pas maintenant. Elle tourne rapidement les talons avant que les larmes ne montent.

Elle traverse la cour d'un pas rapide, les mains tremblantes. Son estomac se noue, sa gorge se bloque. Elle ne comprend pas. Pourquoi ça les regarde ? Pourquoi sa vie privée devrait décider de sa légitimité ? Pourquoi personne ne voit l'urgence du problème ?

Elle s'arrête sous le sycomore, là où Alban l'attend, son carnet posé sur les genoux. Il relève la tête, inquiet.

— Alors ? demande-t-il.

Elle s'assoit à ses côtés, les épaules affaissées.

— Rien. Ils ne veulent pas de moi. Ils me jugent. Ils s'en fichent complètement.

Alban pose une main sur son bras, un geste simple mais réconfortant.

— On n'a pas besoin d'eux.

Elle ferme les yeux, tente de respirer.

— J'ai rien vu sur les réseaux, dit-elle soudain. Rien du tout. Couper un arbre centenaire… ça ne peut pas passer inaperçu.

Alban fronce les sourcils.

— C'est vrai. C'est bizarre.

Elle sort son téléphone, fait défiler Instagram, Facebook, Twitter. Rien. Pas un mot. Pas un commentaire. Pas une photo. Comme si l'affiche n'existait pas.

— Ils veulent que ça passe en silence, murmure-t-elle. Ils ne veulent pas qu'on réagisse.

Alban fixe l'arbre, les mâchoires serrées.

— On va trouver un moyen.

La sonnerie retentit. Les élèves se dispersent. Adélaïde reste encore un instant à regarder les feuilles du sycomore frémir dans la brise.

Ils ne veulent pas d'elle ? Tant pis.

Elle serrera les dents. Elle trouvera une autre voie.

Elle ne laissera pas cet arbre tomber sans se battre.

Chapitre 4

La chaleur de l'après-midi s'atténue quand Adélaïde et Alban poussent la porte du Rohan. L'air climatisé les accueille comme une caresse fraîche après la fournaise du lycée. Le restaurant est vide à cette heure-ci. Quelques clients attardés sirotent des cafés au bar, d'autres sont installés dans le coin détente, enfoncés dans les canapés moelleux.

Adélaïde se dirige vers leur table habituelle, près de la baie vitrée qui donne sur le lac Miroir des étoiles. L'eau scintille sous le soleil. Alban la suit, les épaules affaissées, le visage fermé. Ils s'installent en silence, épuisés par cette journée qui n'en finit pas.

Anna apparaît, comme si elle les attendait. Ses longs cheveux bruns tombent sur ses épaules, et ses petites lunettes rondes glissent sur son nez. Elle les repousse d'un geste machinal, un sourire timide aux lèvres. Ils connaissaient Anna depuis un an maintenant, assez pour savoir qu'elle était douce, discrète, mais qu'elle avait un cœur immense.

— Salut vous deux. Ça s'est bien passé, votre journée au lycée ?

Adélaïde lève les yeux vers elle, et Anna voit que quelque chose ne va pas. Le visage d'Adélaïde est tendu, ses mâchoires serrées, ses yeux rougis.

— Non. C'était horrible.

Anna fronce les sourcils, pose son carnet de commandes sur la table.

— Pourquoi ? Qu'est-ce qui s'est passé ?

Adélaïde inspire, comme si prononcer les mots lui coûtait.

— Ils veulent couper le sycomore.

Le silence qui suit est assourdissant. Anna reste figée, les yeux écarquillés, la bouche entrouverte. Puis, sans prévenir, elle crie.

— Quoi !

Son cri lui échappe. C'était d'autant plus surprenant qu'Anna n'élevait jamais la voix. Elle avait horreur d'attirer l'attention, mais l'émotion l'avait prise de court.

Quelques têtes se tournent, mais Anna ne semble même pas s'en rendre compte. Pik, qui discutait avec un couple près de l'entrée, se fige. Anna plaque une main sur sa bouche, réalise qu'elle vient de crier, mais ne semble pas s'en soucier vraiment. Ses yeux verts brillent d'une intensité soudaine, presque féroce.

Adélaïde la regarde, surprise, puis un sourire fatigué se dessine sur ses lèvres.

— Enfin quelqu'un qui est concerné.

Pik traverse la salle à grandes enjambées, les sourcils froncés, inquiète. C'est une femme d'une quarantaine d'années, grande, solide, avec des cheveux courts poivre et sel et un regard perçant. Elle pose une main sur l'épaule d'Anna.

— Qu'est-ce qu'il se passe, Anna ?

Anna se tourne vers elle, les yeux brillants de larmes contenues.

— Ils veulent couper le sycomore.

Pik cligne des yeux, déstabilisée.

— Comment ça ?

Adélaïde sort son téléphone, fait défiler ses photos, trouve celle qu'elle a prise ce matin. L'affiche administrative, collée sur la porte vitrée du lycée. Elle tend l'écran vers Pik. La femme se penche, lit. Puis elle se redresse, le visage durci.

— Ces connards veulent passer sous silence la suppression du sycomore.

— C'est pour ça qu'on veut faire quelque chose.

Alban reste silencieux, les mains posées sur la table, les yeux rivés sur le lac. Il écoute, absorbe chaque mot, mais n'arrive pas à placer les siens. La conversation va trop vite pour lui, les émotions sont trop intenses. Il se sent dépassé, incapable de suivre le rythme.

Anna se tourne vers Adélaïde, les yeux brillants d'une détermination nouvelle.

— Et crois-moi, je serai avec toi. J'ai une amie journaliste… Je peux lui en parler. Si ça l'intéresse, elle pourrait écrire quelque chose.

Adélaïde la regarde, incrédule, puis éclate d'un rire nerveux.

— Je n'ai jamais vu une fille aussi enthousiaste.

Anna rougit, baisse les yeux, puis les relève avec une intensité surprenante.

— J'ai un lien très particulier avec le sycomore. Mes mères me disaient que certains à Saint-Georges pensaient que l'arbre était un portail. Ça me faisait rire, mais… je sais pas. J'aimais l'idée qu'il protège quelque chose.

Pik pose une main sur l'épaule d'Adélaïde.

— Si vous voulez vous réunir, je vous prête mon resto. Vous pourrez organiser ce que vous voulez ici.

Adélaïde sent quelque chose se détendre en elle, une vague de soulagement qui la submerge. Pik lui presse l'épaule une dernière fois, puis retourne servir d'autres clients.

Anna sort son téléphone, le tend vers Adélaïde.

— D'accord. Je te donne mon numéro.

Elles échangent leurs contacts, les doigts tremblants, les sourires timides. Anna range son téléphone, jette un dernier regard à Adélaïde, puis retourne au bar pour préparer d'autres commandes. Adélaïde la suit des yeux, encore sous le choc de cette rencontre inattendue.

Puis elle se tourne vers Alban. Il la regarde, un sourire doux aux lèvres, les yeux brillants.

— Je suis tellement heureuse, murmure-t-elle. Au moins, il y a des personnes qui me soutiennent et qui sont concernées. Il faut juste trouver un moyen pour retarder le processus.

Alban lève la tête, pensif.

— Ça me fait du bien… de voir qu'on n'est pas seuls. Je pense qu'il faut des affiches pour montrer aux gens. Si Pik ni Anna n'étaient pas au courant, alors d'autres personnes ne le sont pas non plus.

Adélaïde le fixe, surprise. C'est rare qu'Alban prenne la parole comme ça, qu'il propose des idées concrètes. Elle sent une bouffée de tendresse l'envahir.

— Tu as raison. Et j'imagine que personne n'est au courant. Ils veulent que ça passe en silence.

Alban fronce les sourcils, joue avec son verre d'eau vide.

— Comment on va faire pour réviser notre bac et faire campagne pour sauver le sycomore ?

Adélaïde le regarde dans les yeux, intensément. Elle voit son inquiétude, sa peur de décevoir, son besoin de bien faire. Elle pose une main sur la sienne, un geste doux, rassurant.

— Je peux commencer seule. Tu révises si tu en as

besoin. Et si un jour tu veux me rejoindre… tu seras le bienvenu.

Alban baisse les yeux, les doigts crispés autour du verre.

— Je ne sais pas encore.

— Je comprends. Tu as toutes tes raisons.

Le silence retombe entre eux, mais ce n'est pas un silence pesant. C'est un silence complice, chargé de compréhension mutuelle. Adélaïde serre la main d'Alban, puis la relâche.

Anna revient avec leurs boissons habituelles, un thé glacé à la pêche pour Adélaïde, un citron pressé pour Alban. Elle les pose sur la table, leur adresse un sourire timide, puis repart sans un mot.

Adélaïde prend une gorgée de son thé, ferme les yeux, savoure la fraîcheur sucrée. Elle sent la tension se relâcher dans ses épaules, dans sa nuque. Pour la première fois de la journée, elle respire.

Alban observe le lac par la fenêtre. Les reflets du soleil dansent sur l'eau, créent des motifs hypnotiques.

— Tu sais ce que j'aime chez toi ? murmure-t-il soudain.

Adélaïde ouvre les yeux, surprise.

— Quoi ?

— Tu es compréhensive. Tu me soutiens malgré tout. Même quand je ne sais pas quoi faire. Même quand je doute.

— C'est normal. Tu fais pareil pour moi.

Alban secoue la tête.

— Non. Toi, tu es plus forte que moi. Tu n'as pas peur de te battre. Moi, j'ai toujours peur.

— Avoir peur, ce n'est pas être faible. C'est juste être humain.

Alban la regarde, les yeux brillants. Il voudrait dire quelque chose, mais les mots restent coincés dans sa gorge. Alors il se contente de hocher la tête, de boire une gorgée de son citron pressé.

Ils terminent leurs boissons, sans parler. Le silence entre eux est confortable, apaisant. Adélaïde observe les clients qui entrent et sortent, les serveurs qui s'affairent, Pik qui accueille chaque personne avec un sourire chaleureux. Elle pense à Anna, à son enthousiasme soudain, à ce lien mystérieux qu'elle a mentionné avec le sycomore.

Elle se demande ce que ça signifie. Elle se demande combien d'autres personnes ont un lien avec cet arbre, sans même le savoir.

Alban sort son carnet de dessin, commence à esquisser quelque chose. Adélaïde se penche, observe les traits qui prennent forme. C'est le sycomore. Ses branches, ses feuilles, son tronc massif. Alban dessine avec précision.

— C'est beau, murmure-t-elle.

Alban ne répond pas, trop concentré. Mais un léger sourire flotte sur ses lèvres.

Anna revient, débarrasse leurs verres vides. Elle jette un coup d'œil au dessin, s'arrête net.

— C'est magnifique.

Alban lève les yeux, surpris.

— Merci.

Anna hésite, puis se penche un peu plus.

— Tu sais, quand j'étais petite, je passais des heures sous cet arbre. Mes mères m'emmenaient au lycée pour des événements, des fêtes. Et moi, je restais sous le sycomore. Je me sentais protégée, en sécurité. Comme si l'arbre veillait sur moi.

Adélaïde la regarde, touchée par cette confession inattendue.

— C'est pour ça que tu veux nous aider ?

— Cet arbre fait partie de ma vie. Je ne peux pas le laisser mourir sans rien faire.

Elle se redresse, essuie ses yeux, puis retourne au bar. Adélaïde et Alban échangent un regard, bouleversés.

— On n'est pas seuls, murmure Alban.

— Non. On ne l'est pas.

Ils restent encore un moment, savourent la fraîcheur du restaurant, la vue sur le lac, la présence rassurante de Pik et Anna. Puis, finalement, ils se lèvent, paient leurs boissons, saluent tout le monde.

Avant de partir, Adélaïde se retourne vers Anna.

— Merci.

Anna éclate d'un sourire timide, mais authentique.

— C'est moi qui te remercie. De te battre pour lui.

La chaleur les frappe de plein fouet, mais elle semble moins oppressante qu'avant. Comme si quelque chose avait changé. Comme si l'espoir était revenu.

Chapitre 5

Un repas comme les autres. La fourchette d'Alban racle la porcelaine. Sa mère découpe, méthodique. Son père boit, repose son verre avec soin. Le silence s'installe entre eux comme un quatrième convive.

Alban garde les yeux rivés sur son assiette. Il compte les haricots verts, trois, quatre, cinq. Il les aligne avec sa fourchette, les sépare des pommes de terre. Un rituel silencieux qui l'aide à tenir.

Son père s'éclaircit la gorge. Alban sent son estomac se nouer.

— Alors, comment ça se passe au lycée ?

La voix est cordiale, presque chaleureuse. Alban relève la tête, affiche un sourire poli. Ses lèvres se retroussent juste ce qu'il faut, pas trop, juste assez pour paraître sincère.

— Ça va bien, papa.

— Vous êtes en plein révisions pour le bac ?

Alban avale sa bouchée. Il prend son temps, choisit ses mots avec soin.

— Ouais, on fait pas mal d'annales de bac, pour être prêts. Ça m'aide beaucoup.

Son père sourit, satisfait. Il coupe un morceau de viande, le porte à sa bouche.

— Félicitations, mon chéri. C'est bien. C'est important d'avoir ton bac.

Alban baisse les yeux, pique un haricot vert. Il sent le regard de son père sur lui, cette approbation qui pèse comme une main sur l'épaule. Il voudrait dire quelque chose, n'importe quoi, mais les mots restent coincés dans sa gorge.

Sa mère lui adresse un sourire doux, triste. Elle sait. Elle voit toujours tout. Mais elle ne dit rien, jamais. Elle se contente de sourire, de servir, de débarrasser. Une présence silencieuse, rassurante, mais impuissante.

Son père reprend la parole.

— J'ai vu un article sur La Chouette argentée.

Alban se fige. Ses doigts se crispent autour de sa fourchette. Il connaît ce journal, un petit hebdomadaire local qu'il feuillette parfois au CDI. Des articles sur les événements du quartier, les associations, les petits commerces. Rien de bien méchant. Mais là, dans la bouche de son père, le nom du journal sonne comme une menace.

— C'est un journal local dont tu lis quelques articles, non ?

Alban acquiesce. Il ne sait pas où son père veut en venir.

— À l'intérieur, ça raconte que le sycomore doit être sauvé et que c'était inadmissible qu'on coupe un arbre aussi majestueux.

Son père marque une pause, boit une gorgée de vin. Alban retient son souffle.

— C'est complètement naïf. Ce n'est pas avec un journal autoproduit que ça changera les choses.

Le ton est méprisant, presque amusé. Comme si l'idée même de sauver l'arbre était ridicule. Alban sent la colère monter, mais il la ravale aussitôt. Il ne peut pas se permettre de réagir. Pas maintenant. Pas devant son père.

Il inspire, affiche un sourire neutre.

— Effectivement, tu as raison, papa.

Les mots sortent tout seuls, automatiques. Il les prononce sans y penser, comme une formule apprise par cœur. Alban continue, la voix posée.

— De toute façon, j'ai mon bac à passer. Je ne peux pas mettre mon énergie dans une chose inutile.

Son père sourit, un sourire large, presque fier.

— Oui, tout à fait. C'est une belle mentalité, mon fils.

Alban sent quelque chose se briser en lui, une fissure minuscule qui s'élargit. Mais il ne laisse rien paraître. Il hoche la tête, pique un haricot vert, le porte à sa bouche.

Il mâche lentement, méthodiquement, comme si de rien n'était.

Sa mère intervient, la voix douce, presque timide.

— Mais c'est beau de rêver.

Son père se tourne vers elle, les sourcils froncés.

— Il faut leur dire que c'est perdu d'avance. Par contre, leur bac, ils peuvent l'avoir sans problème.

Sa mère baisse les yeux, retourne à son assiette. Le silence retombe. Alban termine son poulet, ses haricots verts, ses pommes de terre. Il mange. Il veut juste que ce repas se termine, que cette conversation s'arrête.

Il pose sa fourchette, essuie sa bouche avec sa serviette. Puis il se lève, lentement, prudemment.

— Je peux aller réviser dans ma chambre ?

— Vas-y, mon fils.

Alban prend son assiette, la porte jusqu'au lave-vaisselle. Il l'ouvre, range l'assiette avec soin, referme la porte sans bruit. Puis il traverse le salon, monte les escaliers, chaque marche craquant sous ses pas.

Il pousse la porte de sa chambre, la referme derrière lui. Le silence l'enveloppe, apaisant, protecteur. Il s'adosse à la porte, ferme les yeux, inspire profondément. Ses mains tremblent. Il les serre en poings, les relâche, recommence.

Son téléphone vibre dans sa poche. Il le sort, déverrouille l'écran. Un message d'Adélaïde.

Tu as vu l'article sur La Chouette argentée ? C'est trop bien, j'adore.

Alban fixe l'écran, les mots dansent devant ses yeux. Il s'assoit sur son lit, tape une réponse.

Non, pas en détail, mais mon père dit que c'est inutile, qu'on ne peut pas gagner.

Il envoie le message, attend. La réponse arrive presque immédiatement.

Ton père dit ça, mais c'est pas lui qui décide.

Alban hésite. Ses doigts planent au-dessus de l'écran. Il ne sait pas quoi répondre. Il ne sait pas s'il doit dire la vérité, s'il doit mentir, s'il doit simplement se taire.

Je ne sais pas. Je n'ai pas envie d'affronter mon père sur ce sujet.

Il envoie le message, le regrette aussitôt. Il a l'impression de trahir quelque chose, quelqu'un. Mais il ne sait pas quoi, ni qui.

Je comprends et je respecte ta décision. Demain, il faut réunir les élèves. Peut-être qu'avec l'article, ils auront changé d'avis.

Il envoie le message, pose son téléphone sur la table de nuit. Puis il se lève, ouvre son sac, sort ses cahiers, ses livres. Il s'installe à son bureau, allume sa lampe. Les pages s'ouvrent devant lui, remplies de formules, de dates, de définitions. Il essaie de se concentrer, de lire, de comprendre. Mais les mots glissent, se mélangent, perdent leur sens.

Les heures passent. Il tourne les pages, prend des notes, surligne des passages. Mais son esprit est ailleurs, perdu dans un labyrinthe de doutes et de questions. Il regarde l'heure. Minuit passé. Il devrait dormir. Il a cours demain, des révisions, des examens qui approchent.

Il range ses affaires, éteint sa lampe. Il se déshabille, enfile son pyjama, se glisse sous les draps. Le matelas est doux, les oreillers moelleux. Mais il ne trouve pas le sommeil. Il fixe le plafond, les ombres qui dansent dans la pénombre.

Une question tourne en boucle dans sa tête.

Comment va-t-on sauvé le sycomore ?

Mais Alban ne connaît pas la réponse. Il ne sait pas s'il y en a une. Il ne sait même pas s'il veut la chercher.

Il ferme les yeux, essaie de respirer calmement. Mais son cœur bat trop vite, ses pensées tourbillonnent. Il pense à Adélaïde, à son message. Il faut réunir les élèves. Il y a quelque chose dans cette phrase, une urgence, une volonté. Comme si elle voulait prendre les choses en main, devenir le centre, la voix qui porte.

Il se demande si c'est pour sauver l'arbre. Ou si c'est pour autre chose. Pour se racheter, peut-être. Pour prouver quelque chose. À elle-même, aux autres.

Il chasse cette pensée, se sent coupable de l'avoir eue. Adélaïde est son amie, sa confidente. Elle ne ferait jamais ça. Elle est sincère.

Mais le doute reste, insidieux, tenace.

Il se tourne sur le côté, remonte la couverture jusqu'à son menton. Il pense à son père, à ce dîner, à ces mots qu'il a prononcés sans y croire.

Mais il ne sait pas comment faire autrement. Il ne sait pas comment affronter son père, comment lui tenir tête. Il a trop peur de le décevoir, de le perdre, de briser ce lien fragile qui les unit encore.

Alors il se tait. Il acquiesce. Il joue le fils modèle, le bon élève, le garçon obéissant.

Et il se déteste pour ça.

Les minutes s'égrènent, lentes. Alban sent ses paupières s'alourdir, son corps se détendre. Le sommeil vient enfin, par vagues, l'emporte doucement.

Mais avant de sombrer complètement, une dernière pensée traverse son esprit.

Comment va-t-on sauver le sycomore ?

Chapitre 6

La chambre est plongée dans la pénombre, éclairée seulement par la lumière tamisée d'une lampe de chevet. Des vêtements traînent sur une chaise, des posters de musique décorent les murs, et l'air est encore chargé des effluves de l'acte sexuel qui vient de s'achever.

Il est allongé sur le lit, le souffle encore court, le visage empreint d'une satisfaction mêlée d'incompréhension. Elle, toujours vêtue de sa lingerie noire qui contraste avec sa peau pâle, se redresse.

— Je peux jouir ?

— Vas-y.

Il ferme les yeux, son corps se contracte avant de se relâcher dans un long soupir. Il reste immobile un instant, comme suspendu dans cet instant de plaisir intense.

Il se retire d'elle avec un mouvement las, retire le

préservatif qu'il vient d'utiliser et le jette dans la petite poubelle en métal près de son bureau. Le geste est mécanique. Il se lève du lit, son corps nu apparaissant pâle dans la faible lumière. Il commence à s'habiller, enfilant son jean délavé puis un t-shirt noir. Pendant ce temps, elle reste assise sur le lit, sa lingerie noire moulant ses formes, ses cheveux blonds ébouriffés.

— Je trouve ça toujours bizarre de devoir demander l'autorisation de jouir.

Elle tourne la tête vers lui, un léger sourire aux lèvres. Ses yeux bleus semblent amusés par son incompréhension.

— Tu trouves tout bizarre de toute façon, à la fête du cimetière tu as trouvé Alban bizarre en robe.

Il termine de mettre son t-shirt, ses mouvements deviennent plus brusques, comme agacé.

— Depuis quand un homme a besoin d'une permission pour jouir ?

Elle se lève du lit, sa silhouette se découpant dans la pénombre. Elle prend ses vêtements sur la chaise et commence à s'habiller par-dessus sa lingerie.

— Je te rappelle que je ne suis pas ton jouet.

— Donc tu as le droit de refuser un orgasme ?

— Oui.

Il secoue la tête, un rire incrédule lui échappe. Il s'assoit au bord du lit, les épaules voûtées.

— Imagine un peu, on fait l'amour très chaudement,

j'suis sur le point de jouir et tu me dis non. Tu comprends que c'est absurde ?

Elle enfile son pull avec des gestes lents, maîtrisés. Elle le regarde avec une certaine patience, comme on regarde un enfant qui ne comprend pas une règle simple.

— Si tu ne me donnes pas d'orgasme, pourquoi je t'en donnerais ?

— C'est bizarre.

Elle ajuste ses vêtements, son regard devient plus sérieux.

— C'est comme ça que je fonctionne, si tu veux qu'on arrête, dis-le moi.

Il baisse les yeux, ses doigts se crispent sur le tissu du jean. Il semble réfléchir, peser ses mots. Finalement, il lève la tête, son expression résignée.

— Non, non, c'est bon.

Elle termine de s'habiller, enfilant son jean par-dessus sa lingerie. Elle prend son sac à dos posé contre le mur.

— Tu ne restes pas pour dormir ?

Elle s'arrête, tourne la tête vers lui. Son expression devient ferme, presque sévère.

— À quoi tu joues ? On était clairs là-dessus, je ne dors pas avec toi quand on fait du sexe.

— OK, OK, vu qu'ça fait six mois qu'on couche ensemble, je me suis dit que tu avais changé d'avis.

Elle secoue la tête, un sourire amer aux lèvres.

— Je change pas d'avis. J'aime Alban. De toute façon,

je dois réfléchir à comment organiser le mouvement de révolte.

— Tu veux devenir la cheffe de la révolte. Personne ne va te soutenir, tout le monde sait qu'on couche ensemble !

Elle se fige, son visage se durcit. Elle pose son sac, ses mains se serrent en poings.

— Tu dis n'importe quoi, je parle d'action, pas de ma vie intime.

— Je fais que dire la vérité. Personne soutiendra une fille qui trompe son mec.

Elle prend une profonde inspiration, comme pour se calmer. Ses yeux lancent des éclairs.

— Si t'as d'autres conneries à dire, vas-y. Et après on arrête.

— C'est juste des faits.

Elle se rapproche de lui, son regard perçant. Sa voix devient plus basse, plus dangereuse.

— Non, des rumeurs. J'ai couché uniquement avec toi. L'exclusivité, ça se discute. Ça ne s'impose pas. Je ne dois rien à personne.

Elle tourne les talons, ouvre la porte de la chambre et sort sans se retourner. Il reste assis sur le lit, regardant la porte qui se referme. Il soupire, passe une main dans ses cheveux.

Par la fenêtre, il la voit monter dans la voiture de ses parents. L'horloge numérique du bureau indique 23 h 7. La voiture démarre et disparaît dans la nuit.

Il reste immobile un long moment, le regard perdu dans le vide. Il pense aux règles particulières qu'elle pose, à son pouvoir sur lui, à cette relation qui le frustre autant qu'elle le fascine. Il sait qu'il devrait protester, contester, mais quelque chose en lui le retient. Peut-être la peur de la perdre, peut-être cette fascination pour son caractère fort, indépendant.

Finalement, il se lève, éteint la lumière et se couche dans le noir, les yeux grands ouverts, incapable de trouver le sommeil.

Chapitre 7

La cour de récréation bouillonne d'une agitation inhabituelle. Des groupes d'élèves se forment, se défont, se reforment ailleurs. Les conversations fusent, animées, passionnées. Le mot «sycomore» résonne partout, porté par des dizaines de voix. Adélaïde se tient à l'écart, adossée au mur de l'aile nord, les bras croisés. Elle observe la scène avec un mélange de satisfaction amère et de méfiance.

Hier, personne ne voulait d'elle. Aujourd'hui, tout le monde prétend avoir besoin d'elle.

Elle serre les dents, détourne le regard vers le sycomore. L'arbre se dresse au centre de la cour, majestueux, indifférent au chaos qui l'entoure. Ses branches bruissent dans la brise de juin. Adélaïde se demande si les élèves se soucient de l'arbre, ou s'ils voient juste une excuse parfaite pour esquiver les révisions du bac.

Un groupe de filles s'approche. Adélaïde les reconnaît. Celles-là même qui l'ont rejetée hier, qui ont refusé de s'associer à elle, qui l'ont traitée de paria. Elles marchent avec une assurance nouvelle, presque arrogante. Celle qui mène le groupe, une grande brune aux cheveux lissés, s'arrête devant Adélaïde.

— Salut, Adélaïde.

Adélaïde ne répond pas. Elle fixe la fille, les yeux plissés, les mâchoires serrées.

La brune ne se démonte pas. Elle affiche un sourire qui se veut amical, mais qui sonne faux.

— On voulait te parler. On veut que tu sois notre porte-parole.

Adélaïde éclate d'un rire sec, sans joie.

— Hier, vous me critiquiez. Et maintenant, je suis votre héro ?

Les filles échangent des regards gênés. La brune hausse les épaules, comme si de rien n'était.

— Il faut bien quelqu'un pour encaisser les coups.

Le silence qui suit est glacial. Adélaïde se redresse, décroise les bras, fait un pas vers la brune.

— Ah ouais. Je comprends mieux.

La brune recule, déstabilisée par l'intensité du regard d'Adélaïde. Une autre fille, rousse, tente de détendre l'atmosphère.

— Tu n'as peur de rien, Adélaïde. C'est pour ça qu'on pense que tu es la mieux placée pour mener ça.

Adélaïde la fixe, incrédule. Elle voudrait leur rire au nez, leur dire d'aller se faire voir. Mais une idée germe dans son esprit. Une idée qui pourrait servir le sycomore, même si elle ne leur fait pas confiance.

Elle pense à Pik, à son offre de prêter le restaurant pour une réunion. Elle pense à Anna, à son enthousiasme, à sa détermination. Elle pense à Alban, à son soutien silencieux.

— Rendez-vous ce soir au Rohan.

Les filles se regardent, surprises.

— Le Rohan ? Le restaurant au bord du lac ?

— Oui. Prévenez tous les élèves qui souhaitent soutenir le sycomore.

La brune hoche la tête, satisfaite.

— D'accord. On s'en occupe.

Elles s'éloignent, déjà en train de sortir leurs téléphones, de taper des messages. Adélaïde les regarde partir, les poings serrés. Une part d'elle vacilla. Et si ce soir personne ne venait ? Et si elle n'était qu'un paratonnerre qu'on brandit quand ça arrange ? Une fille qu'on appelle seulement quand il faut encaisser les coups Elle inspire, lève les yeux vers les branches du sycomore. Il restait sept jours avant l'abattage. Sept jours pour prouver qu'elle valait mieux que ce qu'on disait d'elle.

C'était du bluff. Elle n'a même pas prévenu Pik qu'il y

aurait une réunion. Elle ne sait même pas si ces filles vont faire passer le message. Elle s'en moque.

Elle sort son téléphone, hésite. Devrait-elle appeler Pik maintenant ? Ou attendre de voir si quelqu'un se présente ce soir ? Elle range son téléphone, décide d'attendre. Si personne ne vient, au moins elle n'aura pas dérangé Pik pour rien.

Elle se retourne vers le sycomore, s'approche. L'ombre de l'arbre, l'enveloppe, fraîche, apaisante. Elle pose une main sur le tronc rugueux, ferme les yeux. Elle sent la vie qui pulse sous l'écorce, cette présence ancienne, puissante.

— Je ne te laisserai pas tomber, murmure-t-elle.

— Adé ?

Elle sursaute, ouvre les yeux.

Alban se tient à côté d'elle, un carnet de dessin sous le bras, le visage inquiet.

— Ça va ?

Adélaïde retire sa main du tronc, inspire.

— Ouais. Enfin… pas vraiment.

Alban s'assoit au pied de l'arbre, tapote le sol à côté de lui.

Adélaïde se laisse tomber à ses côtés, ramène ses genoux contre elle.

Un court silence passe, sans tension, juste un moment pour respirer.

Elle tire un brin d'herbe, hésite.

— Je dois te dire un truc, murmure-t-elle. Juste pour être clean.

Alban tourne la tête vers elle, attentif, calme

— Hier soir… j'étais avec Victor.

Elle relève les yeux, cherchant une réaction.

— Je préfère que tu l'apprennes par moi. Je veux pas qu'il y ait des trucs tordus ou des rumeurs.

— D'accord. Merci de me le dire.

Il esquisse un léger sourire

— Tant que toi, ça te va… moi, ça me va.

Adélaïde sent ses épaules se relâcher.

— Tu es quelqu'un de bien, Alban.

Adélaïde laisse retomber la tension, mais son regard revient vers la cour agitée.

— Qu'est-ce qui s'est passé ? demande-t-il finalement.

Elle pousse un soupir las.

— Les filles qui m'ont rejetée hier veulent maintenant que je prenne la tête de la rébellion.

Alban fronce les sourcils.

— Pourquoi ?

— Pour que je sois celle qui encaisse les coups. Elles veulent quelqu'un de jetable. Quelqu'un qu'elles peuvent sacrifier si ça tourne mal.

Alban reste silencieux un moment, pensif.

— Et tu as accepté ?

— J'ai dit qu'il y aurait une réunion ce soir au Rohan. Mais je n'ai même pas prévenu Pik. Et je ne sais pas si elles vont faire passer le message.

— Tu devrais appeler Pik.

Adélaïde secoue la tête.

— Pas encore. Je veux voir si elles sont sérieuses.

— Et si elles le sont ? Si des élèves se présentent ce soir et que Pik n'est pas au courant ?

Adélaïde soupire, sort son téléphone.

— Tu as raison.

Elle compose le numéro de Pik, attend. La sonnerie résonne trois fois avant que Pik ne décroche.

— Allô ?

— Pik, c'est Adélaïde. J'ai peut-être fait une bêtise.

— Qu'est-ce qui se passe ?

— J'ai dit à des élèves qu'il y aurait une réunion ce soir au Rohan. Pour organiser la défense du sycomore. Mais je ne sais pas s'ils vont venir.

Un silence. Puis Pik éclate de rire.

— Tu es gonflée, toi.

— Désolée. Je n'aurais pas dû faire ça sans te demander.

— Non, c'est bien. C'est exactement ce qu'il faut faire. Je vais préparer la salle. Combien tu penses qu'ils seront ?

Adélaïde regarde autour d'elle, observe les groupes d'élèves qui discutent avec animation.

— Je ne sais pas. Peut-être dix. Peut-être cinquante. Peut-être personne.

— D'accord. Je prépare pour cinquante. Comme ça, on sera prêts.

— Merci, Pik.

— De rien. À ce soir.

Adélaïde raccroche, range son téléphone. Alban la regarde, un sourire aux lèvres.

— Tu vois ? Ce n'était pas si difficile.

— Ouais. Mais maintenant, il faut que des gens viennent.

— Ils viendront.

— Comment tu peux en être sûr ?

Alban hausse les épaules, ouvre son carnet de dessin.

— Parce que les gens aiment se sentir importants. Et participer à une rébellion, même petite, ça les fait se sentir importants.

Adélaïde le regarde, surprise par cette lucidité inattendue. Elle sourit, pose sa tête sur son épaule.

— Tu es plus malin que tu n'en as l'air.

— Merci. Je crois.

Ils restent là, assis sous le sycomore, pendant que la cour continue de bouillonner autour d'eux. Adélaïde observe les élèves, tente de deviner qui viendra ce soir, qui restera chez lui. Elle reste sur ses gardes, refuse de se laisser bercer par l'enthousiasme apparent.

Elle sait que les gens changent d'avis facilement. Qu'ils retournent leur veste au moindre obstacle. Qu'ils l'abandonneront dès que les choses deviendront difficiles.

La sonnerie retentit. Les élèves se dispersent, retournent en cours. Adélaïde et Alban se lèvent.

Ils se séparent, chacun rejoignant sa salle de classe. Adélaïde jette un dernier regard au sycomore.

Chapitre 8

Adélaïde pousse la porte du Rohan et s'arrête net. Le restaurant est bondé. Des dizaines d'élèves sont là, assis sur les chaises, debout contre les murs, installés sur les canapés du coin détente. Elle ne s'attendait pas à ça. Elle pensait que dix personnes viendraient, peut-être quinze. Mais là, il doit y en avoir au moins quarante.

Elle cherche Alban du regard, mais ne le trouve pas. Une pointe de déception la traverse, vite chassée. Elle comprend sa décision. Il a ses raisons, ses peurs. Elle ne lui en veut pas.

Anna se tient près du bar, un carnet à la main, ses petites lunettes rondes glissant sur son nez. Elle lève les yeux, croise le regard d'Adélaïde, lui adresse un sourire timide. Adélaïde lui répond d'un hochement de tête, soulagée de voir au moins un visage ami.

Pik est en retrait dans les cuisines, visible à travers la porte entrouverte. Elle observe la scène, les bras croisés, un sourire satisfait aux lèvres.

Adélaïde inspire, traverse la salle, se place devant tout le monde. Les conversations continuent, personne ne semble la remarquer. Elle se racle la gorge, élève la voix.

— Merci à tout le monde d'être là. Aujourd'hui, on doit voir comment s'organiser pour geler la suppression du sycomore.

Un garçon au fond de la salle lève la main, puis parle sans attendre qu'on lui donne la parole.

— Une manifestation !

Une fille à côté de lui secoue la tête.

— Ça ne marche pas, les manifestations.

Un autre garçon, grand, musclé, ricane.

— Il faut tout casser !

Très vite, un brouhaha commence à se faire. Tout le monde parle en même temps, lance des idées sans écouter les autres. Les voix se superposent, s'entrechoquent. Personne ne semble prendre ça au sérieux. Adélaïde sent la frustration monter.

— On se calme !

Elle sentit son ventre se nouer. Parler à un garçon dans une chambre, elle savait faire. Exister dans l'intimité, elle savait. Mais diriger un groupe entier ? Ça, elle ne l'avait jamais réellement fait. Et surtout pas un groupe qui la juge depuis des mois. Son assurance habituelle se fissura d'un coup, comme si toute la rumeur sur son « image» s'était matérialisée autour d'elle.

Mais personne ne l'écoute. À chaque voix qui la recouvrait, elle se sentait rapetisser. Son terrain habituel, la proximité, la répartie, l'intensité, ne servait plus à rien ici. Elle était nue, hors de son territoire. Les conversations continuent, de plus en plus bruyantes. Adélaïde élève encore la voix.

— On se calme!

Des têtes se tournent, sans que le vacarme ne faiblisse. La colère l'envahit. Elle insiste une troisième fois, presque en criant.

— On se calme!

Cette fois, le silence se fait. Les élèves la regardent, certains avec curiosité, d'autres avec indifférence. Adélaïde inspire, tente de reprendre le contrôle.

Mais avant qu'elle ne puisse parler, une voix masculine s'élève du fond de la salle.

— On pourrait faire une fête dans le lycée. Le meilleur moyen de gagner, c'est d'occuper les lieux.

Adélaïde reconnaît la voix. Victor. Il se fraye un chemin à travers la foule, s'installe sur une chaise au premier rang, les jambes écartées, les bras croisés. Leurs regards se croisent.

Adélaïde sent son estomac se nouer.

Victor. Un de ses sex-friends. Un garçon avec qui elle a couché plusieurs fois, sans engagement. Un garçon qui pense que ça lui donne des droits sur elle. Elle détourne le regard, se concentre sur sa proposition. Victor se penche en avant, le sourire aux lèvres.

— Facile. On force une porte, on s'installe, et voilà.

Adélaïde secoue la tête, agacée.

— On peut occuper sans faire la fête. Et je n'ai pas envie qu'on rentre par infraction.

Victor ricane.

— De toute façon, ton petit copain ne sera probablement même pas là. Comme ça, on pourra bien s'amuser tous les deux.

Le silence qui suit est glacial. Adélaïde sent le sang battre à ses tempes. Elle serre les poings, les ongles enfoncés dans ses paumes.

— Victor, surveille ton langage. Je ne peux pas admettre que tu parles d'Alban comme ça.

Victor éclate de rire, un rire méprisant.

— C'est réaliste. On fait l'amour bien plus ensemble que toi avec Alban.

Des murmures parcourent la salle, pas des ricanements cette fois, mais une vague de malaise. Même ceux qui n'aimaient pas Alban trouvaient que Victor était allé trop loin.

— Ça n'a rien à voir.

— On arrête tout !

Les élèves du lycée connaissaient tous Anna. Pas intimement, mais comme une présence fiable du Rohan : la serveuse qui écoutait toujours, qui ne jugeait jamais, qui restait calme même quand la salle débordait. Beaucoup l'appréciaient sans même y penser. La voix d'Anna claque comme un fouet. Tout le monde se tourne vers elle. Elle se tient debout près du bar, le carnet serré contre sa poitrine, les yeux brillants derrière ses lunettes. Sa voix est calme, posée, mais ferme.

— On se réunit pour sauver le sycomore, pas pour avoir une dispute. Victor a raison sur un point : il faut s'installer dans le lycée. Mais on a de la chance. Grâce aux racines envahissantes, certaines portes ne peuvent pas être fermées à clé.

Victor se tourne vers elle, satisfait.

— J'ai toujours raison. Et s'il n'y a pas d'infraction, on ne peut rien nous dire.

Adélaïde secoue la tête, frustrée.

Anna lève une main, un geste simple mais autoritaire.

— On se calme de nouveau. On la fait quand, cette fête ? Vendredi ? Je trouve que c'est le meilleur choix. Et on lève la main pour parler maintenant.

Le silence retombe. Adélaïde observe, stupéfaite, comment tout le monde obéit immédiatement à Anna. Personne ne conteste. Personne ne ricane. Anna n'avait jamais cherché à briller, et peut-être que c'était précisément pour ça qu'on l'écoutait. Une autorité douce, déjà implantée sans qu'elle le sache elle-même. Ils lèvent la main, attendent leur tour, parlent calmement.

Anna note tout dans son carnet, distribue les tâches avec une efficacité déconcertante. Certains s'occupent de la nourriture, d'autres du couchage. Un groupe se charge de repérer les portes qui ne peuvent pas se fermer à clé. Tout s'organise, sans conflit.

Elle ne comprenait pas comment Anna faisait pour être naturellement respectée. Elle, Adélaïde, devait toujours forcer un peu, séduire, provoquer ou s'imposer pour exister. Anna, elle, n'avait qu'à être là.

Adélaïde reste en retrait, les bras croisés, observant la scène avec un mélange d'admiration et de jalousie. Elle voulait être la leader. Elle voulait prendre la tête de ce mouvement. Mais elle n'y arrive pas. Anna, elle, le fait sans effort, sans forcer, juste par sa présence calme et rassurante.

Victor lève la main. Anna lui donne la parole.

— Je peux m'occuper de la musique. J'ai du matériel.

— Parfait. Note-le, s'il te plaît.

Victor sort son téléphone, tape quelque chose. Adélaïde le regarde, les mâchoires serrées. Elle déteste la façon dont il se comporte, comme si de rien n'était, comme s'il n'avait pas insulté Alban quelques minutes plus tôt.

Une fille lève la main. Anna lui fait signe.

— On prévient les parents ? Parce que si on passe la nuit au lycée, ils vont s'inquiéter.

Anna réfléchit un instant.

— Chacun gère ça comme il veut. Mais oui, il vaut mieux prévenir. Dites que c'est une soirée de révision collective, par exemple.

Anna continue de distribuer les tâches, de répondre

aux questions, de calmer les tensions. Adélaïde observe, fascinée malgré elle. Anna n'élève jamais la voix. Elle ne force jamais. Elle écoute, propose, guide. Et tout le monde la suit.

Au bout d'une heure, tout est organisé. Chacun sait ce qu'il doit faire, quand, comment. Anna referme son carnet, regarde l'assemblée.

— Tout le monde sait ce qu'il doit faire ?

Un chœur de «oui» lui répond. Anna sourit, un sourire timide mais satisfait.

— Le service du soir va bientôt commencer, donc je vous souhaite une agréable soirée.

Les élèves se lèvent, ramassent leurs affaires, à quitter le restaurant. Adélaïde reste figée, incapable de bouger. Elle sent une main se poser sur son épaule. Anna.

— Ça va ?

Anna lui presse l'épaule, puis s'éloigne pour saluer d'autres élèves.

Adélaïde se dirige vers la sortie, pressée de partir, de rentrer chez elle, de se retrouver seule. Mais une voix l'arrête.

— Adélaïde.

Victor. Il se tient près de la porte, les mains dans les poches, le sourire aux lèvres.

— J'espère qu'Alban ne sera pas là vendredi. Comme ça, on pourra bien s'amuser.

Adélaïde sent la colère exploser.

— Arrête de parler d'Alban comme ça. Et je te signale qu'il est au courant de tout.

Victor fronce les sourcils, déstabilisé.

— Au courant de quoi ?

— De nous. De ce qu'on fait. Il sait tout.

Victor éclate de rire, un rire incrédule.

Quelques élèves détournent le regard, gênés. D'autres ont un rictus crispé. Personne n'osa le reprendre, mais personne ne cautionne non plus.

— Et ça ne le dérange pas ?

— Non.

— Je ne te comprends pas, Adélaïde.

Victor semble sincèrement décontenancé, presque fragile un instant.

Mais Adélaïde n'a pas envie de lui accorder cette nuance.

Adélaïde en profite pour s'éloigner, pousse la porte, sort dans la nuit. L'air frais la frappe de plein fouet, apaisant. Elle marche vers l'arrêt de bus, les poings serrés.

— Adélaïde !

Elle se retourne. Victor se tient sur le seuil du restaurant, la main levée.

— Adélaïde, je m'excuse !

Mais elle ne lui répond pas. Elle tourne les talons, continue sa route. Elle entend Victor crier encore une fois, mais elle ne se retourne pas. Elle marche, les yeux rivés sur le sol, la gorge nouée.

Elle pense à la réunion, à son incapacité à prendre la

tête du groupe. Elle pense à Anna, à sa facilité naturelle à diriger. Elle pense à Victor, à ses commentaires déplacés, à son mépris pour Alban.

Elle pense à Alban. À son absence ce soir. À son soutien silencieux. À leur relation étrange, incomprise par les autres.

Elle arrive à l'arrêt de bus, s'assoit sur le banc, sort son téléphone. Elle hésite, puis tape un message à Alban.

La réunion s'est bien passée. On occupe le lycée vendredi. Tu n'es pas obligé de venir. Je comprends.

Elle envoie le message, range son téléphone. Le bus arrive quelques minutes plus tard. Elle monte, s'installe près de la fenêtre, regarde la ville défiler.

Son téléphone vibre. Un message d'Alban.

Je viendrai. Pour toi. Pour le sycomore.

Adélaïde sent les larmes monter, mais cette fois, ce sont des larmes de soulagement. Elle sourit, essuie ses yeux, range son téléphone.

Le bus continue sa route, la ramenant chez elle. Mais dans un coin de son esprit, elle pense déjà à vendredi. À cette occupation du lycée. À cette bataille qui ne fait que commencer.

Chapitre 9

Alban est assis à son bureau, penché sur ses fiches de révision. Les formules dansent devant ses yeux. Il relit la même ligne pour la troisième fois, incapable de se concentrer.

— Alban ! Le dîner est prêt !

La voix de sa mère monte de la cuisine. Alban sursaute, referme son cahier. Il se lève et descend l'escalier.

La cuisine est baignée d'une lumière douce.La table est mise : trois assiettes, trois verres déjà remplis. Sa mère s'affaire devant les fourneaux, sort un plat du four. Son père est déjà assis, le journal déplié devant lui, les lunettes perchées sur le nez.

Il s'installe à sa place habituelle, face à son père. Sa

mère apporte le plat, un gratin de légumes, fumant, odorant. Elle s'assoit à son tour, sert tout le monde.

Ils commencent à manger en silence. Alban garde les yeux rivés sur son assiette, mâche lentement, méthodiquement. Il sent le regard de son père sur lui, lourd, scrutateur.

— Si tu participes au mouvement pour sauver le sycomore, c'est peine perdue.

Alban avale sa bouchée. Son cœur bat plus vite, ses mains sont moites. Il pose sa fourchette et s'essuie les paumes sur son jean.

— Je sais. De toute façon, j'ai mon bac à passer. Il faut couper le sycomore pour sauver le lycée. Les profs nous le disent.

Les mots sortent facilement, trop facilement. Alban se déteste pour ça. Pour cette capacité à mentir, à jouer le rôle de l'enfant modèle. Mais il n'a pas le choix. Il ne veut pas se battre avec son père. Pas maintenant. Pas pour ça.

Son père sourit, satisfait.

— C'est bien, mon fils. Tu raisonnes de la bonne manière.

Alban baisse les yeux, reprend sa fourchette. Il voudrait crier, dire la vérité, avouer qu'il ment. Mais il se tait, continue de manger.

Sa mère rompt le silence, la voix douce, curieuse.

— Sinon, tout se passe bien au lycée ?

Alban relève la tête, croise son regard. Elle sourit,

bienveillante, attentive. Il sent une bouffée de culpabilité l'envahir.

— Oui. On fait beaucoup de révisions pour le bac.

Il hésite, puis se lance. C'est maintenant ou jamais.

— Et d'ailleurs, à ce propos, le lycée nous a proposé une résidence pour réviser le bac durant tout le week-end, à partir de vendredi après les cours.

Le mensonge sort facilement. Mais son cœur s'emballe, ses mains tremblent sous la table, serrées en poings.

Son père lève les yeux, intéressé.

— C'est très intéressant, mon fils. Tu l'auras, ton bac, avec mention. C'est sûr !

Alban esquisse un sourire faible. Son père est toujours comme ça. Sympa, intéressé, enthousiaste quand Alban parle de ses études. Mais dès qu'il parle de ses dessins, du théâtre ou de ses vêtements, son père devient fade, distant, presque désintéressé.

— Je suis fier de toi, continue son père. Il manque juste à trouver un appartement à Paris pour tes études.

Alban secoue la tête.

— Je pourrais rester là. C'est juste à trois quarts d'heure de train. Ça ne me dérange pas trop.

Son père fronce les sourcils.

— Tu devrais vivre l'expérience parisienne. C'est important pour ton développement.

Alban ne répond pas. Il sait que son père veut qu'il parte, qu'il s'éloigne, qu'il devienne un homme *normal.*

Mais Alban n'a pas envie de partir. Il veut rester près d'Adélaïde.

Ils terminent le repas en silence. Sa mère débarrasse, apporte le dessert, une tarte aux pommes maison. Alban en prend une part, la mange machinalement.

Après le dîner, il se lève, monte dans sa chambre. Mais son père l'appelle.

— Alban, attends.

Alban se retourne, le cœur battant.

— Tu as le papier pour la résidence ? Je veux voir les détails.

Alban sent la panique monter. Le papier. Il avait oublié. Il monte dans sa chambre, ouvre son sac, sort une feuille qu'Adélaïde lui a préparée. Un faux document, imprimé sur du papier à en-tête du lycée, avec toutes les informations nécessaires. Dates, horaires, coût.

Il redescend, tend la feuille à son père. L'homme la lit.

— Cent cinquante euros. C'est raisonnable.

Il se lève, va chercher son chéquier dans le tiroir du buffet. Il remplit un chèque, le tend à Alban.

— Tiens. Tu le donneras demain.

Alban prend le chèque, les mains tremblantes. Son père lui tapote l'épaule, un geste affectueux mais distant.

— Je suis fier de toi, mon fils.

Alban monte dans sa chambre, referme la porte derrière lui. Il s'adosse au battant, ferme les yeux, inspire. Il vient de mentir à son père. Il vient de lui voler de l'argent. Il se sent misérable.

Il s'assoit sur son lit, sort son téléphone. Il tape un message à Adélaïde.

C'est bon. Il est tombé dans le piège. Tu es sûre que ça va marcher ?

La réponse arrive.

Tu as eu une bonne idée de te travestir pour éviter qu'on te repère.

Alban fronce les sourcils, tape rapidement.

Je ne me travestis pas. Je ne me féminise pas pour fuir. Je me féminise pour tenir debout.

Il fixe l'écran, attend la réponse. Elle arrive quelques secondes plus tard.

Je suis désolée. Je comprends. La fête au cimetière t'avait beaucoup plu, non ? C'est pour ça que j'ai pensé à toi pour ça.

Alban soupire.

J'ai l'impression d'être égoïste. Je me féminise parce que je me sens bien, parce que ça me donne du courage. Pas pour me cacher.

La réponse d'Adélaïde tarde à venir. Alban fixe l'écran, le cœur battant. Puis, enfin, les trois petits points apparaissent.

Je suis désolée. Je ne suis pas toujours la meilleure pour trouver les bons mots. Toi, tu sais qui tu es. Moi, j'essaie encore de comprendre ce que je veux vraiment.

Alban lit le message, sent une bouffée de tendresse l'envahir. Adélaïde aussi se bat. Adélaïde aussi doute. Ils sont pareils, finalement. Deux personnes qui essaient de trouver leur place dans un monde qui ne les comprend pas.

On se bat tous les deux pour exister. Mais ça ne va pas choquer les gens, que je me féminise ?

La réponse arrive immédiatement.

La plupart des élèves de la fête du cimetière seront là. Ils veulent de l'adrénaline. Ils s'en fichent de comment tu es habillé.

Alban sourit malgré lui. Il repense à cette nuit au cimetière, à la robe lilas, aux compliments inattendus. Il repense à cette sensation de liberté, de légèreté. Il voudrait la retrouver. Ce soir-là, pour la première fois, il s'était senti regardé autrement. Ni comme un garçon trop sage, ni comme un enfant qu'on attend ailleurs. Mais juste… lui.

Merci Adé. On se voit vendredi pour le maquillage et la tenue. Pense à acheter une perruque.

La réponse arrive quelques secondes plus tard.

D'accord. Je t'aime, tu sais.

Alban pose son téléphone, s'allonge sur son lit. Il fixe le plafond, les pensées tourbillonnant dans sa tête.

Il se demande s'il fait le bon choix. S'il devrait plutôt se concentrer sur ses révisions, passer son bac tranquillement, oublier le sycomore. Ce serait plus simple. Plus sûr.

Il se lève, retourne à son bureau, rouvre ses fiches de révision. Mais les formules de mathématiques n'ont plus aucun sens. Il referme le cahier, sort son carnet de dessin.

Il commence à esquisser le sycomore. Il dessine avec une attention délicate. C'est sa façon de résister, de garder une trace, de ne pas oublier.

Puis il referme le carnet, éteint la lumière, se glisse sous les draps.

Ses pensées dérivent vers vendredi, la fête clandestine, la robe, le maquillage, le mensonge. Puis vers son père, et la question obsédante : que dirait-il s'il savait la vérité ?

Alban ferme les yeux, chasse ces pensées. Il se raccroche à Adélaïde, au sycomore, à la bataille qu'ils vont mener ensemble.

Chapitre 10

Alban arrive devant la maison d'Adélaïde, sa valise à la main, ce vendredi en fin d'après-midi. Le soleil projette des ombres longues sur l'allée pavée.

Il inspire, sonne à la porte. Son cœur bat à tout rompre, comme s'il allait jaillir de sa poitrine. Le poids du mensonge pèse sur ses épaules, le chèque de son père brûle dans son portefeuille, rappel constant de sa trahison.

La porte s'ouvre. Adélaïde apparaît, un sourire éclatant aux lèvres.

— Alban ! J'espère que tu vas bien ! Viens dans ma chambre.

La mère d'Adélaïde surgit derrière elle, un torchon à la main.

— Nous vous appellerons pour le repas du soir.

— OK.

Alban entre, traîne sa valise dans le couloir. La maison sent bon, un mélange de cuisine et de lavande. Il suit Adélaïde dans l'escalier, monte les marches une à une. Ils arrivent dans sa chambre, un espace familier, chaleureux. Des affiches de films tapissent les murs, des vêtements traînent sur une chaise, un lit défait occupe le centre de la pièce.

Adélaïde referme la porte derrière eux, se tourne vers Alban.

— Je dois te préparer.

Alban pose sa valise, se tourne vers elle. Une bouffée d'anxiété le traverse.

— Tes parents ne seront pas choqués ?

Adélaïde secoue la tête, un sourire rassurant aux lèvres.

— Surpris, peut-être, mais pas choqués. Et ce n'est pas la première fois qu'ils te voient habillé en fille.

Alban se souvient du lendemain de la fête au cimetière. Les parents d'Adélaïde l'avaient croisé dans le couloir, encore en robe. Ils avaient souri sans rien dire. Élégant, avaient-ils trouvé.

Adélaïde ouvre son armoire et sort une robe qu'elle brandit. Lila, améthyste, difficile à dire. La lumière fait danser les nuances sur le tissu. Le cœur d'Alban bondit. Il adore cette robe.

Adélaïde continue de fouiller, sort des collants blancs opaques à motifs discrets, puis des bottines plates marron.

— Mets tout ça.

Alban prend les vêtements, les serre contre sa poitrine. Adélaïde sort de la chambre, referme la porte derrière elle pour lui laisser son intimité.

Alban reste seul. Il pose les vêtements sur le lit, commence à se déshabiller. Il retire son t-shirt, son jean, ses chaussettes. Il reste en sous-vêtements, observe son reflet dans le miroir. Un garçon mince.

Il prend les collants, les enfile. Le tissu glisse sur sa peau, doux, soyeux. Il ajuste la taille, lisse les plis. Puis il enfile la robe. Le tissu tombe sur ses hanches, épouse ses formes. Il remonte la fermeture éclair dans le dos, ajuste les bretelles. Enfin, il enfile les bottines, les lace rapidement.

Il se regarde dans le miroir. Et il sourit.

Il ne comprend pas pourquoi des vêtements peuvent lui procurer autant de bonheur.

— Adélaïde, tu peux revenir.

La porte s'ouvre. Adélaïde entre, s'arrête net, le regarde de la tête aux pieds. Ses yeux brillent.

— Magnifique !

Elle s'approche, réajuste la robe, tire sur le tissu pour qu'il tombe mieux.

— Je t'aide à enfiler la perruque.

Alban n'a pas encore vu la perruque. Adélaïde se dirige vers son bureau, ouvre un sac, en sort une perruque brune. Elle l'a choisie naturelle, de la même couleur que les cheveux d'Alban, pour éviter que ça fasse faux.

Elle s'approche, place la perruque sur la tête d'Alban

avec précaution. Elle ajuste, tire, lisse. En quelques instants, la perruque semble si réelle. Les nouveaux cheveux d'Alban sont longs et fins, tombent sur ses épaules.

Adélaïde en profite pour faire des tresses, ses doigts travaillant avec une dextérité impressionnante. Elle tresse, noue, fixe avec des élastiques discrets. Le résultat est stylé, élégant.

Alban se regarde dans le miroir. Il ne se reconnaît pas. Ou plutôt, il se reconnaît trop bien. C'est lui, mais en mieux. En plus vrai.

— J'aimerais avoir les cheveux longs pour faire tous ces styles de coiffure.

Adélaïde sourit, pose une main sur son épaule.

— Tu es beau. Maintenant, on passe au maquillage.

Elle l'installe sur une chaise, sort sa trousse de maquillage. Alban ferme les yeux, se laisse faire. Les doigts d'Adélaïde effleurent son visage, doux, précis. Elle applique du fond de teint, estompe, lisse. Puis du fard à paupières, du blush, du gloss.

Alban adore se faire maquiller. C'est comme des caresses, des attentions délicates.

Il sourit à ce souvenir.

— Ne bouge pas ! Qu'est-ce qui te fait sourire autant ?

Alban ouvre les yeux, croise le regard d'Adélaïde.

— Je me remémore notre première fois au théâtre, où on devait inverser les rôles. Je devais être une fille.

Adélaïde sourit, un sourire tendre, nostalgique.

— Effectivement, c'était très drôle. Et d'ailleurs, tu étais le plus à l'aise. Tu étais une personne différente. C'est pour ça que je suis tombée amoureuse de toi. Et pour ça, je te soutiens à fond si tu veux porter des vêtements féminins.

Alban sent les larmes heureuses monter. Il cligne des yeux, tente de les retenir.

— Ne bouge pas ! Je vais te mettre du mascara dans l'œil.

Alban reste immobile, retient sa respiration. Adélaïde s'applique, la brosse de mascara effleurant ses cils. Elle passe de longues minutes, peaufine chaque détail. Alban ne semble pas pressé. Au contraire, il apprécie ce moment intime, ce silence complice.

Soudain, on frappe à la porte. La mère d'Adélaïde.

— Les enfants, le repas est prêt !

Alban sursaute, réalise qu'ils ont passé une heure à se préparer. Adélaïde recule, observe son travail, satisfaite.

Ils restent un instant face au miroir, silencieux, comme si le temps s'était arrêté. Le monde extérieur n'existe plus. Juste eux deux.

— On y va ? murmure Adélaïde.

Il savoure encore quelques secondes.

C'est un moment qu'il voudrait garder pour toujours.

Ils descendent l'escalier. Alban a le sourire aux lèvres, un sourire qu'il ne peut pas retenir. C'est la tenue qui dégage cette énergie, cette confiance.

Ils entrent dans la cuisine. Le père d'Adélaïde est déjà

assis à table, un verre de vin à la main. Il lève les yeux, les voit, s'arrête net.

— Woah ! Vous sortez ce soir ! Par contre, Adé, trouve une meilleure tenue. Tu me fais honte !

Il éclate de rire, clairement en train de la taquiner.

La blague passe crème. Effectivement, Adélaïde est en pantalon et t-shirt simple. Elle porte rarement des robes.

Adélaïde lève les yeux au ciel.

— Non, juste qu'Alban aime être comme ça.

La mère d'Adélaïde s'approche, observe Alban avec admiration.

— Et pourquoi tu ne te fais pas aussi belle, ma chérie ? Le maquillage est trop magnifique !

Adélaïde hausse les épaules.

— C'est galère de le faire moi-même. Mais merci beaucoup.

Le père d'Adélaïde est impressionné.

— Je trouve ça chouette que les mecs expriment leur féminité comme ça.

La mère d'Adélaïde se tourne vers lui, un sourire en coin.

— Sur les autres, tu trouves ça chouette, mais pas sur toi. Je te demande juste de t'épiler le corps.

Le père grimace.

— Que diraient mes collègues de travail s'ils le découvraient ? Je me change beaucoup dans les vestiaires.

— Arrête, ce n'est pas la fin du monde de s'épiler. Tu leur diras que tu fais du sport… Ou que ta femme exige un peu de douceur quand elle te touche. Ça les fera rire, crois-moi.

Alban sourit à cette dispute. Elle n'est pas violente, mais rigolote par moments. Il aime cette famille, cette atmosphère détendue, cette acceptation naturelle.

Ils s'installent à table. Le repas est délicieux, un poulet rôti avec des légumes grillés. Alban mange avec appétit, participe aux conversations. Il n'est pas timide, réagit aux commentaires des parents d'Adélaïde qui monopolisent pas mal la parole.

Adélaïde glisse sa main sous la nappe. Ses doigts effleurent d'abord le tissu soyeux des collants d'Alban, traçant des cercles lents et délicats sur sa cuisse. La sensation est à la fois discrète et électrisante.

Alban retient son souffle un instant, sentant son pouls s'accélérer. Sous la table, dans cette intimité cachée aux regards, sa peau devient hypersensible. Chaque mouvement des doigts d'Adélaïde envoie des frissons le long de sa jambe, une chaleur qui monte progressivement vers son bas-ventre.

Il pose alors sa main sur la sienne, leurs paumes se rencontrent dans un contact brûlant. Leurs doigts s'entrelacent, se serrent, communiquant une tension croissante. La pression de leurs mains jointes sous la table devient presque douloureuse de désir contenu.

Le contraste entre la conversation banale à table et cette intimité volée le rend fou de désir.

Ce contact intime lui procure un plaisir intense, une

chaleur qui se diffuse dans tout son corps, rendant chaque bouchée du repas plus savoureuse, chaque regard échangé avec Adélaïde plus chargé de sens.

Le repas se termine. Ils aident à débarrasser. En remontant l'escalier, leurs mains se cherchent naturellement, comme si le contact sous la table avait créé un nouveau langage secret entre eux. Leurs doigts s'entrelacent, portant encore la mémoire de cette complicité volée.

Elle sort un flacon de parfum, en vaporise sur Alban. Une odeur printanière enveloppe l'air.

— Tiens, prends cette veste.

Elle lui tend une veste en jean. Alban l'enfile, ajuste les manches.

— Tu sais comment sortir incognito ?

Adélaïde sourit, un sourire complice.

— Par le garage. C'est par là que je quittais en douce quand j'étais punie.

— D'accord.

Alban récupère sa valise, Adélaïde prend son sac de voyage. Ils descendent l'escalier sur la pointe des pieds.

La mère regarde une série à la télé, le volume assez fort. Le père doit être dans son bureau.

Ils traversent la cuisine, se glissent dans le garage. Adélaïde ouvre la porte latérale, jette un coup d'œil dehors. La voie est libre.

Ils quittent la maison sans problème. Il fait à peine

nuit, c'est le crépuscule. Le ciel est teinté de rose et d'orange, les premières étoiles commencent à apparaître.

Alban et Adélaïde marchent côte à côte, en route vers le lycée. Alban sent la robe bouger autour de ses jambes, les collants doux contre sa peau. Il se sent lui-même. Pourtant, une petite voix au fond de lui murmure que la véritable épreuve l'attend au lycée.

Chapitre 11

Les jambes d'Alban et d'Adélaïde commencent à les tirer quand enfin le lycée apparaît dans la pénombre. Le bâtiment se dresse devant eux, fermé et éteint, ce qui est normal à cette heure. Les fenêtres sont sombres, les portes verrouillées. Seul le sycomore se découpe contre le ciel crépusculaire, ses branches immenses projetant des ombres mouvantes sur le sol.

Ils font le tour du lycée, marchent le long du mur d'enceinte. Alban sent son cœur battre. La robe bouge autour de ses jambes à chaque pas, les collants doux contre sa peau. Il se sent à la fois excité et nerveux.

Soudain, une silhouette apparaît près d'une porte latérale. Un lycéen, grand, mince, une casquette vissée sur la tête. Il leur fait signe.

— Venez, c'est cette porte qui peut s'ouvrir.

Ils s'approchent. Le lycéen pousse la porte, qui s'ouvre sans résistance, une de ces portes que les racines envahissantes du sycomore avaient déformées au point qu'elles ne fermaient plus correctement, comme Anna l'avait expliqué lors de la réunion. Ils entrent dans un local étroit, rempli de matériel médical. Des armoires métalliques, des boîtes de pansements, des bouteilles de désinfectant. L'odeur d'antiseptique flotte dans l'air.

— Suivez-moi.

Le lycéen les guide à travers les couloirs sombres. Leurs pas résonnent sur le sol carrelé. Alban sent l'adrénaline monter, une excitation mêlée d'appréhension. Ils passent devant des salles de classe vides, des casiers alignés, des affiches délavées.

Puis ils entendent la musique. Un rythme sourd, des basses qui vibrent à travers les murs. Ils se dirigent vers le CDI. La porte est entrouverte.

Ils entrent. Le CDI est transformé. Des guirlandes lumineuses serpentent entre les étagères de livres. Des draps couvrent les fenêtres pour éviter qu'on les repère de l'extérieur. Des dizaines d'élèves sont déjà là, dansent, rient, boivent. Un bar de fortune est installé près du comptoir d'accueil, des bouteilles d'alcool et des canettes de soda alignées. Des enceintes Bluetooth crachent de la musique électro.

Anna apparaît, un dossier à la main. Elle porte un jean et un t-shirt simple, ses petites lunettes rondes glissant sur son nez. Elle s'approche d'eux, un sourire aux lèvres.

— Salut, Adélaïde. Oh, Alban ! Je ne t'avais pas reconnu tout de suite.

Elle s'arrête, l'observe avec un sourire sincère.

— Tu es vraiment magnifique comme ça. Ça te va tellement bien.

Alban sent ses joues s'enflammer. Il murmure un merci, les yeux baissés.

— Qu'est-ce que vous avez apporté ?

Alban désigne son sac.

— Moi, j'ai des habits pour tenir trois jours. J'ai dit à mes parents que je partais pour une résidence de révision du bac.

Adélaïde lève son propre sac.

— Moi, quelques habits.

Anna note quelque chose dans son dossier. Elle avait pris en charge l'organisation de l'occupation avec une efficacité discrète mais implacable, et tenait à jour une liste des participants pour s'assurer que tout se passait bien.

— OK, ça marche. Le problème, c'est qu'on n'a pas de matelas pour dormir.

Adélaïde hausse les épaules.

— Mais il y a des canapés du CDI.

Anna secoue la tête.

— Oui, mais ça ne sera pas suffisant.

Adélaïde soupire.

— Bref.

Anna s'éloigne, happée par d'autres élèves qui réclament son attention. Alban et Adélaïde posent leurs sacs près d'une étagère, observent la scène. La musique bat son plein. Certains ont apporté de l'alcool, d'autres des enceintes Bluetooth. L'ambiance est électrique, festive.

Alban remarque que personne ne semble choqué par sa tenue. Quelques regards curieux, quelques sourires, mais aucun commentaire déplacé. Il se détend, laisse l'atmosphère l'envelopper.

Soudain, une fille s'approche. Louise. Une camarade de classe qu'Alban apprécie beaucoup. Elle est petite, brune, les cheveux coupés au carré, un sourire éclatant aux lèvres. Elle porte un jean déchiré et un crop top noir.

— Salut, Alban ! Comme au cimetière, ça te va super bien !

Alban sourit

Elle tient une bière à la main, la lève.

— Tu veux boire quelque chose ?

— Oui, mais pas d'alcool.

Louise réfléchit un instant.

— Je crois que j'ai vu du kombucha. Ça te va ?

— Oui, ça me va.

Louise s'éloigne vers le bar de fortune. Alban la regarde partir, puis sent une présence derrière lui. Il se retourne. Victor s'approche, un sourire en coin.

— Hé, t'as oublié de te changer ce matin ?

Quelques rires étouffés autour d'eux. Alban se fige.

— Sérieusement, c'est quoi cette tenue ? T'as l'air d'une fille.

Adélaïde se raidit immédiatement, se place entre Victor et Alban.

— Et alors ? Il est mieux habillé que toi.

Victor ricane, les bras croisés.

— Je dis juste ce que tout le monde pense.

— Non, dit Adélaïde, la voix froide. Tu dis ce que toi tu penses. Et personne ne t'a rien demandé. Excuse-toi.

Victor lève les mains, faussement innocent.

— C'était juste une blague.

— Excuse-toi, Victor.

Il soupire, visiblement contrarié. Mais quelque chose dans le regard d'Adélaïde le fait céder.

— OK. Désolé, Alban.

Il s'éloigne, l'air mauvais. Adélaïde se retourne vers Alban, lui pose une main sur le bras.

— T'es parfait comme tu es.

Alban hoche la tête, mais le cœur battant. Les mots de Victor restent là, coincés quelque part entre la gorge et la poitrine.

Louise revient avec un verre de kombucha. Alban l'accepte volontiers, boit une gorgée. Le goût acidulé le rafraîchit.

— Dis-moi, j'ai des lacunes sur la Seconde Guerre mondiale pour le bac. Je me disais qu'on pouvait réviser un peu. Je ne suis pas très fête. On peut aller dans les box, ils sont un peu insonorisés.

— OK, ça me va.

Louise récupère un manuel d'histoire sur une étagère,

se dirige vers une box libre. Alban la suit, le verre de kombucha à la main. Ils entrent dans la box, referment la porte derrière eux. C'est calme, mais on peut encore entendre le boom des basses à travers les murs.

Ils s'assoient côte à côte sur le canapé étroit. Louise ouvre le manuel, le pose entre eux. Alban commence à parler, explique les causes de la Seconde Guerre mondiale, les alliances, les batailles clés. Il a beaucoup d'assurance, sa voix est claire, captivante.

Soudain, Louise pose sa main sur les collants d'Alban. Il sursaute, interrompt son explication sur le traité de Versailles. Son cœur s'emballe soudain. Il veut réagir mais reste paralysé, trop surpris pour articuler un mot. C'est intrusif, pourtant ça montre qu'il a une attirance naturelle. Est-ce que Louise est attirée par lui ? Sans doute. Est-ce qu'Alban est attiré par elle ? Il ne sait pas.

Louise s'approche, ses lèvres contre les siennes. C'est là qu'Alban recule, surpris, déstabilisé.

Louise rougit, détourne le regard.

— Je suis idiote. Tu m'attires et j'ai trouvé ce plan stupide pour être seule avec toi. Enfin, c'était stupide.

Alban la regarde, les yeux écarquillés.

— C'était un super plan, en fait.

Louise fronce les sourcils, confuse.

— Je ne comprends pas.

Alban inspire, cherche ses mots.

— J'ai l'impression d'être désirable. J'ai l'impression que je suis important.

Sous les doigts de Louise, il se sent désirable d'une manière nouvelle.

Louise secoue la tête, embarrassée.

— Encore désolée. Je ne sais pas pourquoi j'ai fait ça. Tu es en couple, en plus.

Alban hausse les épaules.

— Avec Adélaïde, on vit nos propres expériences. Si tu veux qu'on le fasse, on peut le faire.

Louise le regarde, surprise.

— Là, ce soir ?

Alban sourit.

— Tu as l'air si mal à l'aise, tout à coup.

Louise baisse les yeux, joue avec ses mains.

— Je n'ai jamais rien fait avec les mecs. Du coup, on peut rester sur des bisous et des caresses. C'est moins glamour, mais plus accessible.

— De toute façon, je n'ai pas de préservatif sur moi. Pas de protection, pas de sexe. C'est ce qu'Adélaïde m'a appris.

Louise soupire, soulagée.

— Je suis rassurée. Tu m'enlèves une épine du pied. Les mecs d'aujourd'hui veulent une pénétration et basta. Et si je n'ai pas envie de ça ?

Alban sourit, comprend parfaitement.

— Je ne suis pas comme les autres mecs. Avec Adélaïde, on a appris que l'intimité peut prendre plein de formes. Ce qui compte, c'est ce qu'on ressent tous les deux, pas ce qu'on est supposés faire.

Louise se lève, tend la main à Alban. Il la prend, se lève à son tour. Elle l'entraîne contre le mur, commence à l'embrasser. C'est maladroit mais naïf. Elle se colle contre lui pour sentir son corps. Alban se sent coupable et pourtant complice à la fois. Chaque caresse de Louise lui rappelle Adélaïde, créant un nœud d'émotions contradictoires dans sa poitrine. Il aime ça, être désiré. Dans cette robe qui le révèle à lui-même, il se sent enfin visible, désirable pour ce qu'il est vraiment. Leurs gestes sont maladroits. Leurs mains se cognent, leurs dents s'entrechoquent parfois.

Louise glisse ses mains sur les collants d'Alban, explore. Ses doigts hésitants tracent des cercles sur le tissu fin, puis se font plus insistants. Alban sent ses propres mains trembler quand il les pose sur ses hanches. Leurs lèvres se cherchent, se trouvent, se perdent. Le temps s'étire, se dilate.

Puis les doigts de Louise descendent plus bas, caressent le nylon des collants là où la tension d'Alban se fait sentir. Il retient son souffle, surpris par cette intimité soudaine. Il ne sait pas trop comment réagir, ses gestes sont hésitants, maladroits. Au fond de lui, il aime cette sensation nouvelle, cette attention portée à son corps, et il se laisse faire, se laisse guider par cette main qui explore avec une curiosité timide.

Les doigts de Louise pressent, tracent des motifs sur le tissu tendu. Alban ferme les yeux, surpris par l'intensité de la sensation.Ce n'était pas comme avec Adélaïde, c'était différent, nouveau. Moins familier, plus surprenant. Une partie de lui se demandait s'il avait le droit de ressentir ça, si c'était une trahison. Mais une autre partie, plus forte, se laissait emporter par ce moment qui n'appartenait qu'à lui et Louise. Et puis c'est le débordement, soudain, inattendu, une chaleur humide qui s'étend dans ses sous-vêtements.

Il ouvre les yeux, surpris, un peu honteux. Louise retire sa main.

— Je… je suis désolée, murmure-t-elle, le visage empourpré. Je ne voulais pas…

Alban secoue la tête, un sourire gêné aux lèvres. Il ne lui en veut pas. Au contraire, il trouve touchante cette maladresse partagée, cette intimité qui les a tous deux dépassés.

— C'est rien, souffle-t-il. C'était… bien.

Étrangement, il ne se sent pas coupable. Juste… vivant. Pour la première fois, il réalise que son corps pouvait lui appartenir entièrement, sans avoir à se justifier. Que le désir peut être simple, direct, sans les complications qu'il imagine toujours.

Leurs regards se croisent, pleins de cette gêne douce qui suit les premiers émois. Ils restent un moment ainsi, adossés au mur, le souffle encore court, le cœur battant à l'unisson dans cette box où le monde extérieur semble si loin.

— Rassure-moi, c'est une pulsion. Je ne suis pas

amoureuse de toi. Je n'ai pas envie de foutre la merde avec Adélaïde.

Alban s'assoit à côté d'elle.

— D'accord.

Louise se tourne vers lui, sérieuse.

— Dis-lui ce qu'il s'est passé. On y va ensemble. Comme ça, Adélaïde connaîtra mes intentions.

Alban sourit, soulagé.

— C'est une bonne idée.

Ils sortent de la box, retournent dans le CDI. La musique est encore plus forte, la foule encore plus dense. Alban cherche Adélaïde du regard, la repère près du bar, en train de discuter avec Anna.

Ils s'approchent. Adélaïde lève les yeux, les voit, sourit.

— Vous étiez où ?

Louise prend la parole, directe.

— On était dans une box. On a révisé. Et on s'est embrassés.

Adélaïde cligne des yeux, surprise. Puis elle éclate de rire.

— Sérieux ?

— Oui.

Adélaïde se tourne vers Louise, l'observe attentivement.

— Et tu veux quoi, exactement ?

Louise hausse les épaules, honnête.

— Rien de sérieux. C'était une pulsion. Je trouve

Alban attirant, c'est tout. Je ne veux pas foutre la merde entre vous.

— OK. Pas de problème.

Elle se tourne vers Alban, lui prend la main.

— Tu t'es bien amusé ?

Alban sourit, serre sa main.

— Oui.

Louise s'éloigne, rejoint un groupe d'amis. Adélaïde et Alban restent ensemble, observent la fête autour d'eux. La musique continue, les élèves dansent.

Pour la première fois depuis longtemps, il se sent exactement à sa place.

Chapitre 12

Deux heures du matin. Le lycée de Saint-Georges baigne dans un silence étrange. La fête s'est calmée, les rires se sont éteints, la musique s'est tue. Les élèves se rassemblent autour d'Anna dans le CDI, certains bâillant déjà, d'autres cherchant un endroit pour s'installer.

Anna se tient debout sur une chaise, ses petites lunettes rondes glissant sur son nez. Elle prend une profonde inspiration avant de s'adresser au groupe.

— Écoutez-moi tous ! Il est temps de s'organiser pour la nuit. Je vais vous expliquer comment on va faire pour dormir.

Elle jette un bref coup d'œil autour d'elle, comme pour vérifier qu'elle n'oublie rien, puis remonte ses lunettes d'un geste nerveux.

Les élèves se rapprochent, attentifs. Anna sort son carnet, consulte ses notes.

— D'abord, les espaces de couchage. On a plusieurs options. La salle des professeurs a quatre canapés en cuir, c'est l'option la plus confortable. Le CDI a trois canapés supplémentaires et des fauteuils. Pour les salles de classe, vous pouvez utiliser les bancs ou vous installer directement sur le sol avec vos vestes et sweats. Et les box insonorisés peuvent servir de chambres individuelles pour ceux qui préfèrent plus d'intimité.

Un garçon lève la main.

— Et pour les couvertures ?

Un instant, elle feuillette son carnet, tourne une page, revient en arrière : signe qu'elle improvise plus qu'elle ne le laisse paraître.

— J'ai pensé à tout ! Utilisez vos vestes, vos pulls, vos sacs à dos remplis de vêtements comme oreillers. J'ai aussi récupéré des rideaux et draps du CDI pour ceux qui ont froid.

Une fille demande :

— On fait comment pour répartir les places ?

— J'ai organisé un système de rotation… Enfin, c'est une proposition. Si quelqu'un a une meilleure idée, je prends. Ceux qui dorment sur les canapés ce soir prendront les bancs demain soir, et inversement. Comme ça, tout le monde aura droit au confort.

— Et pour la sécurité ? s'enquiert un autre élève.

— J'ai mis en place des tours de veille, reprend Anna.

Il faut que quelqu'un reste éveillé pour surveiller et réveiller les autres si besoin. Je fais passer une liste pour les volontaires. Pour le froid, superposez vos vêtements, c'est le plus efficace. Vérifiez si les radiateurs fonctionnent et installez-vous près d'eux. Et évitez les courants d'air en choisissant bien votre coin.

Adélaïde intervient :

— On devrait dormir en petits groupes, par affinité. Ce sera plus rassurant pour tout le monde.

— Excellente idée ! approuve Anna. Formez des groupes de trois ou quatre personnes et choisissez votre espace ensemble.

Alban observe la scène, impressionné par l'efficacité d'Anna. Elle distribue les consignes avec une autorité naturelle, sans élever la voix, et tout le monde l'écoute attentivement.

— Dernier point, ajoute Anna. Si vous avez besoin de quoi que ce soit pendant la nuit, je dors dans le box numéro 3. N'hésitez pas à venir me réveiller.

Elle marque une légère pause, comme si elle réalisait soudain la responsabilité qu'elle vient de s'attribuer, puis ajoute

—Je... je ferai de mon mieux.

Les élèves commencent à se disperser, formant des petits groupes, discutant de leurs préférences pour la nuit. Anna descend de sa chaise, satisfaite. Son organisation méticuleuse porte ses fruits.

Alban se tourne sur le canapé de la salle des professeurs. Le cuir craque sous son poids. Il a enlevé son maquillage il y a une heure, frotté son visage avec de l'eau froide dans les toilettes jusqu'à ce que sa peau soit rouge et propre. Il a échangé la robe améthyste contre un jogging gris et un t-shirt trop large.

La salle des professeurs est plongée dans la pénombre. Seule la lumière orangée des lampadaires de la cour passe à travers les stores, dessinant des rayures sur le plafond. Adélaïde dort sur le canapé d'en face, recroquevillée sous une veste en jean, sa respiration régulière et profonde. Louise s'est installée sur un autre canapé, près de la fenêtre. Un garçon qu'Alban ne connaît pas bien occupe le dernier canapé disponible, déjà perdu dans un sommeil lourd.

Alban fixe le plafond. Ses pensées tournent en boucle, obsédantes, épuisantes. Il repense à Louise. À la box. À ses mains sur ses collants. À cette sensation électrique qui l'a traversé. À ce moment où tout a basculé, où la révision d'histoire s'est transformée en quelque chose d'autre, quelque chose d'interdit et de délicieux.

C'était trop bien.

Le mot résonne dans sa tête, coupable, égoïste. Mais vrai. Il avait aimé ça. L'attention de Louise, ses caresses, cette intimité volée dans la box insonorisée. Il avait aimé se sentir désiré, touché, vivant.

Une part de lui, minuscule mais tenace, voulait retrouver cette chaleur, cette attention.

Mais maintenant, dans le silence de la nuit, la culpabilité le ronge. Il se tourne encore, cherche une position confortable qui n'existe pas. Le canapé est trop court, trop dur. Ou peut-être que c'est son esprit qui est trop agité.

Il pense à Adélaïde. À leur accord. À cette liberté qu'ils se sont donnée mutuellement. Ils avaient décidé de vivre leurs expériences chacun de leur côté, sans jalousie, sans reproche. Adélaïde fait pareil avec Victor. Où est le mal, en fait ?

Il observe Adélaïde dans la pénombre. Son visage est détendu. Elle ne bougeait pas, totalement écrasée par la fatigue accumulée. Elle lui a toujours dit qu'elle le soutenait. Qu'elle comprenait. Qu'elle acceptait. Et c'est vrai. Adélaïde ne lui a jamais menti. Elle est toujours là pour lui, solide, rassurante.

Alors pourquoi se sent-il si mal ?

Il se tourne encore, le cuir craque de nouveau. Le garçon sur l'autre canapé grogne dans son sommeil, se retourne. Alban se fige, retient son souffle, attend que le silence revienne.

Ses pensées dérivent vers son père. Si les flics débarquent pour déloger les élèves, son père va forcément le savoir. C'est inévitable. Et alors, tout s'effondrera. Le mensonge sur la résidence de révision. Le chèque de cent cinquante euros. La robe. Le maquillage. Tout.

Il imagine la scène. Les policiers qui entrent dans le lycée, qui allument les lumières, qui ordonnent aux élèves de partir. Son père qui reçoit un appel. Son père qui arrive, furieux, humilié. Son père qui le voit, qui comprend.

Alban serre les poings sous la veste qu'il utilise comme couverture. Il a peur. Une peur sourde, viscérale. Mais c'est trop tard pour faire demi-tour. Il est là, dans ce lycée occupé, avec des dizaines d'autres élèves qui dorment ou tentent de dormir. Il a fait son choix.

Il se lève, prend garde à ne pas réveiller les autres. Ses pieds nus touchent le sol froid. Il frissonne, enfile ses baskets sans les lacer. Il a besoin de bouger, de marcher, de faire quelque chose pour calmer cette anxiété qui lui serre la poitrine.

Il se dirige vers la porte, l'ouvre lentement. Le couloir est plongé dans l'obscurité, à peine éclairé par les veilleuses de sécurité. Il avance à tâtons, longe les murs, se dirige vers les toilettes.

L'air du couloir est frais, presque froid. Il entend des bruits lointains, des murmures, des rires étouffés. Certains élèves ne dorment pas encore, discutent à voix basse dans les salles de classe ou le CDI.

Il pousse la porte des toilettes, entre. La lumière automatique s'allume, trop vive, trop brutale. Il cligne des yeux, s'approche du lavabo. Il ouvre le robinet, laisse couler l'eau froide, s'asperge le visage. L'eau glacée le réveille, chasse un peu le brouillard de ses pensées.

Il se regarde dans le miroir. Son visage est pâle, fatigué. Ses yeux sont cernés, ses cheveux en bataille. Il ne porte plus la perruque, plus le maquillage. Il est redevenu Alban. Le garçon ordinaire, invisible.

Il soupire, s'essuie le visage avec une serviette en papier. Il se sent vide, épuisé. Il voudrait dormir, oublier, se réveiller demain avec l'esprit clair. Mais il sait que ça n'arrivera pas.

Il sort des toilettes, retourne dans le couloir. Et c'est là qu'il la voit.

Louise.

En la voyant avancer vers lui, Alban comprit qu'elle venait sans doute des toilettes du fond. les bras croisés sur sa poitrine, les cheveux détachés tombant sur ses épaules. Elle porte un t-shirt trop grand et un short de pyjama. Ses pieds sont nus, ses pas silencieux sur le sol carrelé.

Leurs regards se croisent. Alban s'arrête net, le cœur battant. Louise s'approche, s'arrête à quelques pas de lui. La lumière des veilleuses dessine des ombres sur son visage.

— Alban, murmure-t-elle. Je n'arrive pas à dormir.

Sa voix est douce, fragile. Louise baisse les yeux, joue avec l'ourlet de son t-shirt.

— Je repense à la scène dans le box. C'était inapproprié de ma part. Je n'aurais jamais dû te toucher comme ça sans te le demander. J'espère que tu vas bien ?

Alban ouvre la bouche, surpris qu'elle mette des mots si nets sur ce qui s'est passé. Il sent une gêne sourde, mais aussi une sorte de soulagement. Enfin, quelqu'un dit la vérité tout haut.

Alban sent quelque chose se détendre en lui. Il inspire, cherche ses mots.

— Moi aussi, je n'arrive pas à dormir. Je ne t'en veux pas. Peut-être qu'on a fait une erreur tous les deux.

Il hésite, puis ajoute d'une voix basse

— J'étais d'accord, tu sais… même si j'étais stressé. Je veux juste que tu le saches.

Louise relève la tête, le regarde. Ses yeux brillent dans la pénombre, chargés d'une émotion qu'Alban ne sait pas nommer.

— Sache qu'il n'y a pas de sentiment, dit-elle doucement. Je l'ai fait par instinct. Tu l'as bien compris, ça ?

— Oui.

Louise s'approche encore. Alban respire son parfum : arbres sous la pluie.

— Si tu veux continuer, pourquoi pas, murmure-t-elle. Mais si tu veux qu'on ne se voie plus, je serais ok avec ça.

Alban reste figé. Les mots de Louise résonnent dans sa tête, lourds de sens. Continuer. Ne plus se voir. Deux options, deux chemins possibles. Il ne sait pas lequel choisir. Il ne sait même pas ce qu'il veut vraiment.

— Je ne sais pas quoi penser de tout ça, finit-il par articuler. J'ai aimé… mais ça m'a surpris. Je crois que je ne m'attendais pas à… tout ça.

Louise fait un sourire triste aux lèvres. Elle recule d'un pas.

— OK. J'espère que tu vas dormir.

Elle se retourne, commence à s'éloigner. Alban la

regarde partir, les mots coincés dans sa gorge. Il voudrait la retenir, lui dire quelque chose, n'importe quoi. Mais il reste là, immobile, silencieux.

Louise disparaît au bout du couloir, avalée par l'obscurité. Alban reste seul. Il inspire, tente de calmer les battements de son cœur.

Il retourne vers la salle des professeurs, ouvre la porte. Adélaïde dort toujours. Il se glisse sur son canapé, s'allonge, remonte la veste sur ses épaules.

Il fixe le plafond. Les rayures de lumière orangée dansent doucement, projetées par les branches du sycomore qui bougent dans le vent.

Il ferme les yeux. Se concentre sur sa respiration. Lente, régulière. Il compte. Un. Deux. Trois.

Progressivement, son corps se détend. Ses muscles se relâchent. Sa respiration ralentit. Les pensées deviennent floues, moins pressantes.

Et enfin, alors que la nuit commence à pâlir, que les premières lueurs de l'aube filtrent à travers les stores, Alban s'endort.

Un sommeil léger, fragile, peuplé de rêves confus. Mais un sommeil quand même.

Autour de lui, le lycée continue de respirer. Des élèves dorment, d'autres veillent. Le sycomore se dresse dans la cour, majestueux, indifférent. Et quelque part, dans l'obscurité, Louise aussi cherche le sommeil, les pensées tournant en boucle, les mots non dits pesant sur son cœur.

La nuit avance. Et avec elle, l'incertitude de ce qui viendra demain.

Chapitre 13

Le jour se lève, à travers les stores de la salle des professeurs. Alban ouvre les yeux, les paupières lourdes.

Il n'a pas dormi. Son corps est lourd sur le canapé en cuir, ses membres engourdis, sa nuque raide. Il tente de bouger. Grimace.

Il tourne la tête. Adélaïde est assise sur son canapé, le dos appuyé contre l'accoudoir. Elle fixe l'écran de son téléphone, les doigts glissant sur la surface lumineuse. Ses cheveux blonds sont ébouriffés, son t-shirt froissé. Mais elle semble éveillée, alerte, comme si elle n'avait jamais vraiment dormi non plus.

Alban balaie la pièce du regard. Louise n'est plus là. Son canapé est vide, la veste qu'elle utilisait comme couverture pliée sur l'accoudoir. Le garçon qu'Alban ne connaît pas bien a également disparu. Ils sont seuls, Adélaïde et lui, dans cette salle des professeurs qui sent le café froid et le renfermé.

Adélaïde lève les yeux de son téléphone, croise le regard d'Alban. Un sourire se dessine sur ses lèvres, tendre, inquiet.

— Ça va ?

Alban tente de se redresser, mais une douleur sourde explose derrière ses tempes. Il grimace, porte une main à son front.

— Non. J'ai mal à la tête.

Adélaïde pose son téléphone, se lève d'un bond. Elle traverse la pièce en quelques enjambées, s'agenouille près du canapé d'Alban. Ses mains trouvent ses épaules, douces, rassurantes. Elle l'attire contre elle, le serre dans ses bras. Alban se laisse faire, pose sa tête contre son épaule. La chaleur d'Adélaïde l'enveloppe, apaisante.

— Viens, murmure-t-elle contre ses cheveux. On va à l'infirmerie trouver un Doliprane.

Alban hoche la tête. Adélaïde l'aide à se lever. Ses jambes vacillent. Il repère la robe améthyste sur une chaise, la prend. Le tissu brille doucement dans la lumière matinale.

Il retire son t-shirt, son jogging. Le froid de la pièce mord sa peau nue. Il enfile les collants blancs à motifs, puis la robe. Le tissu glisse sur son corps. Il ajuste les bretelles, lisse les plis. Puis il se tourne vers Adélaïde.

— Tu vas me maquiller ?

Adélaïde sourit, un sourire qui réchauffe tout son visage.

— Oui, t'inquiète.

Ils quittent la salle des professeurs, marchent dans les couloirs encore déserts. Leurs pas résonnent sur le sol carrelé, amplifiant le silence. Quelques portes sont entrouvertes, laissant entrevoir des élèves endormis sur des tables. L'occupation du lycée continue, mais au ralenti, comme si tout le monde était suspendu entre la nuit et le jour.

Ils arrivent à l'infirmerie. La porte est déjà ouverte. Adélaïde entre la première, se dirige vers les armoires métalliques alignées contre le mur. Elle tire sur les poignées. Rien. Les armoires sont fermées à clé.

— Merde, lâche-t-elle. Je n'avais pas pensé à ça.

Elle recule, observe les armoires comme si elle pouvait les ouvrir par la seule force de son regard. Puis elle fouille dans ses cheveux, en retire une barrette. Elle s'agenouille devant la serrure, insère la barrette, tente de la tourner, de la manipuler. Elle a vu ça dans les films. Ça a toujours l'air si facile. Elle sait bien qu'elle n'y connaît rien, mais l'impuissance la rend dingue.

Mais rien ne se passe. La serrure reste obstinément fermée. Adélaïde s'acharne. Alban la regarde faire.

Après plusieurs minutes, Adélaïde abandonne. Elle se relève, range la barrette dans ses cheveux, soupire.

— Tant pis. Je vais te maquiller. Peut-être que ça va te détendre.

Ils retournent dans la salle des professeurs, récupèrent leurs sacs. Adélaïde sort sa trousse de maquillage, la serre contre sa poitrine. Puis elle regarde autour d'elle, réfléchit.

— On ne peut pas rester ici. Les autres vont revenir. Il nous faut un endroit tranquille.

Alban acquiesce. Ils quittent la salle, explorent les couloirs. Adélaïde teste plusieurs portes, cherche un lieu isolé. Finalement, elle trouve une petite salle de réunion au bout d'un couloir peu fréquenté. La pièce est minuscule, à peine plus grande qu'un placard. Une table ronde, quatre chaises, une fenêtre qui donne sur la cour intérieure. Mais c'est calme, discret.

Ils entrent et referment la porte derrière eux. Adélaïde tire les rideaux, plongeant la pièce dans une pénombre douce. Puis elle allume la petite lampe posée sur la table. La lumière est chaude.

— Assieds-toi, murmure-t-elle.

Alban s'installe sur une chaise. Adélaïde pose sa trousse sur la table, l'ouvre. Les produits de maquillage s'étalent devant elle, palette de couleurs et de textures. Elle prend son temps, choisit chaque élément avec soin. Fond de teint, correcteur, fard à paupières, blush, mascara, gloss.

Elle s'approche d'Alban, se place debout devant lui. Leurs visages sont à quelques centimètres l'un de l'autre.

De près, Alban voit ses cernes, ses petites rides de

fatigue au coin des yeux. Elle n'a rien d'une fée parfaite : juste Adélaïde, crevée, qui fait de son mieux.

— Ferme les yeux, souffle-t-elle.

Alban obéit. L'obscurité l'enveloppe. Puis il ressent le premier contact. Les doigts d'Adélaïde effleurent son front. Ils glissent sur ses tempes, ses joues, son menton. Des caresses légères, délicates, qui chassent la douleur.

Adélaïde applique le fond de teint du bout des doigts, par petites touches légères. Elle prend son temps, efface les imperfections, redessine les contours.

— Tu es tellement beau, murmure Adélaïde.

Sa voix est à peine audible, un souffle chaud contre la peau d'Alban. Il sent son cœur s'accélérer, une chaleur se diffuser dans sa poitrine.

Adélaïde continue, choisit peut-être du mauve pour rappeler la robe. Peut-être du doré, pour faire briller ses yeux.

— Respire, murmure Adélaïde. Détends-toi.

Alban inspire, sent ses épaules se relâcher, la douleur s'estomper.

— Tu es parfait, souffle Adélaïde.

Les mots glissent sur Alban comme une caresse. Les larmes montent. Mais il les retient, refuse de gâcher le maquillage.

Adélaïde termine par le gloss. Elle applique le produit sur les lèvres d'Alban. Ses doigts frôlent sa bouche, s'attardent aux commissures. Alban sent son souffle se couper, son cœur battre plus fort.

Puis Adélaïde recule, observe son travail. Un sourire se dessine sur ses lèvres, satisfait, ému.

— Ouvre les yeux.

Alban obéit. La lumière dorée de la lampe l'éblouit un instant.

Adélaïde prend la perruque, la place sur sa tête, ajuste les mèches autour de son visage.

— Regarde.

Elle sort son téléphone, active la caméra frontale, le tend vers Alban. Il se voit à l'écran. Et il reste sans voix.

Le maquillage est parfait. Subtil, naturel, mais transformateur. Ses yeux semblent plus grands, plus lumineux. Ses pommettes sont sculptées, son teint éclatant. Ses lèvres brillent, invitantes. Il ne se reconnaît pas. Ou plutôt, il se reconnaît trop bien. C'est lui, mais en mieux. En plus vrai.

— Merci, murmure-t-il.

Adélaïde range son téléphone, s'assoit sur la chaise à côté de lui. Elle prend sa main, entrelace leurs doigts. Ils restent là, silencieux, savourant ce moment hors du temps.

Alban comprend soudain. Il comprend pourquoi il est avec Adélaïde : pour ces instants magiques où le monde extérieur n'existe plus, où il peut être lui-même, sans peur ni jugement. Il est amoureux d'elle pour cette version de lui qu'elle fait naître, cette version féminine qu'il aime tant.

Adélaïde pose sa tête sur son épaule. Alban pose la

sienne contre la sienne. Ils restent ainsi, enlacés, respirant au même rythme. Le temps s'étire, se dilate, devient élastique. Peut-être qu'ils restent là cinq minutes. Peut-être une heure. Ils ne savent pas. Ils s'en fichent.

— Ça va mieux ? murmure finalement Adélaïde.

Alban sourit, les yeux fermés.

— Oui. C'est merveilleux. Tu es une magicienne.

Adélaïde rit, un rire qui vibre contre l'épaule d'Alban.

— Avec plaisir. Mais c'est grâce à toi que ce moment magique existe.

Elle se tait une seconde, comme si une inquiétude passait dans son regard, puis la chasse d'un sourire. Elle espère juste ne pas tout gâcher un jour.

Les paroles d'Adélaïde sont si douces, si agréables. Alban sent toute sa joie d'être avec elle, toute sa tendresse, tout son amour. Son amour n'enferme pas. Il ouvre quelque chose.

Alban serre sa main plus fort. Il voudrait que ce moment ne finisse jamais. Il voudrait rester là, dans cette petite salle de réunion, à l'abri du monde, avec Adélaïde contre lui.

Mais soudain, un bruit rompt le silence. Un gargouillis sonore. Le ventre d'Alban proteste. Puis un deuxième gargouillis répond, tout aussi bruyant. Le ventre d'Adélaïde.

Ils se regardent, surpris. Ils éclatent de rire, un rire franc qui balaie les dernières tensions.

Adélaïde s'essuie les yeux, reprend son souffle.

— Bon. C'est le moment de prendre le petit déjeuner.

Ils se lèvent, ramassent leurs affaires. Adélaïde range sa trousse de maquillage, vérifie que tout est en ordre. Alban ajuste sa robe, lisse les plis, passe une main dans la perruque qu'il a remise pendant qu'Adélaïde le maquillait.

Ils ouvrent la porte, sortent dans le couloir. Le lycée s'est réveillé. Des élèves circulent, discutent, rient. L'occupation continue, mais l'atmosphère a changé. C'est moins une fête maintenant, plus une résistance organisée. Des groupes se forment, discutent de stratégie, préparent des pancartes.

Alban et Adélaïde marchent côte à côte, main dans la main. Quelques regards se tournent vers eux, sans commentaire. Alban se sent bien, lui-même. La douleur dans sa tête a disparu, remplacée par une légèreté presque euphorique.

Ils arrivent au CDI. Des tables ont été poussées contre les murs, créant un espace central où des élèves ont installé un buffet improvisé. Des paquets de céréales, des briques de jus de fruits, des pains au chocolat achetés à la boulangerie voisine. Anna est là, bien sûr, son dossier à la main, organisant tout avec son efficacité habituelle.

Elle les voit, leur adresse un sourire.

— Salut, vous deux. Bien dormi ?

Adélaïde hausse les épaules.

— Plus ou moins.

— Servez-vous. On a de quoi tenir la journée.

Alban et Adélaïde s'approchent du buffet, prennent chacun un bol, le remplissent de céréales. Adélaïde verse du lait, Alban du jus d'orange. Ils attrapent quelques pains au chocolat, s'installent sur un canapé près de la fenêtre.

La lumière du matin inonde le CDI, chaude, dorée. Le sycomore se dresse dans la cour, visible à travers les vitres. Ses branches bougent doucement dans la brise, comme s'il les saluait.

Alban mange, savoure chaque bouchée. Les céréales craquent sous ses dents, le jus d'orange coule dans sa gorge, frais, vitaminé. À côté de lui, Adélaïde dévore son pain au chocolat, les yeux mi-clos de plaisir.

Ils ne parlent pas. Ils n'en ont pas besoin. Le silence entre eux est confortable, complice. Ils sont ensemble, et c'est tout ce qui compte.

Autour d'eux, le lycée continue de s'animer. Des élèves arrivent, se servent, discutent. La journée commence, avec son lot d'incertitudes, de défis, de batailles à mener.

Mais pour l'instant, dans ce moment suspendu, Alban et Adélaïde sont juste là. Ensemble. Heureux.

Chapitre 14

Le CDI bourdonne encore des conversations du petit déjeuner. Des élèves traînent près du buffet improvisé, grignotent les derniers pains au chocolat, sirotent leur jus d'orange. La lumière du matin découpe des rectangles dorés sur le sol, illumine les particules de poussière qui flottent dans l'air. Dehors, le sycomore se dresse, majestueux.

Alban pose son bol vide sur la table basse. Il se tourne vers Adélaïde, les yeux brillants d'une détermination soudaine.

— Il faut que notre combat soit bien plus grand. Il faut que toute la France sache notre combat.

Adélaïde le regarde, surprise. Elle ouvre la bouche pour répondre, mais une autre voix la devance.

— Oui, il faut lancer un live.

Anna se tient près d'eux, son éternel dossier serré contre sa poitrine. Ses yeux pétillent derrière ses lunettes. Elle a entendu. Bien sûr qu'elle a entendu. Anna entend toujours tout.

Adélaïde se redresse.

— C'est une bonne idée. Il faut réunir tout le monde.

Anna ne perd pas une seconde. Elle traverse le CDI à grandes enjambées, interpelle les élèves présents.

— Rassemblement général ! Tout le monde au CDI ! C'est important !

Sa voix porte, autoritaire, habituée à être obéie. Les élèves lèvent la tête, intrigués. Certains sortent du CDI pour aller chercher les autres. Le message se propage dans les couloirs, monte les escaliers, traverse les salles de classe. En quelques minutes, le CDI se remplit. Des élèves arrivent de partout, encore ensommeillés, curieux, inquiets.

Alban les regarde entrer un par un. Victor arrive le premier, mains dans les poches. Louise le suit de près, les yeux détournés. Derrière eux, des visages qu'Alban ne connaît pas envahissent la pièce, s'entassent contre les étagères.

Quand tout le monde est rassemblé, Anna monte sur une chaise. Elle tape dans ses mains pour obtenir le silence. Les conversations s'éteignent. Tous les regards convergent vers elle.

— Il faudrait faire un live, annonce-t-elle sans préambule. Pour montrer au monde entier qu'on défend le sycomore. Peut-être que ça nous aidera à le sauver.

Un silence suit ses paroles. Puis Victor ricane, un son sec, désagréable.

— Qui a plus de dix mille abonnés sur ses réseaux? Personne. Ça sera un pétard mouillé.

— Victor a raison. Et je ne suis pas venu pour faire de la politique.

Anna se tourne vers lui, les sourcils froncés.

— Ah ouais? Envahir un lycée, ce n'est pas un acte politique?

Le garçon hausse les épaules, visiblement mal à l'aise.

— On m'a promis une fête. Je l'ai eue. On n'a jamais parlé de politique.

Un brouhaha éclate. Des voix s'élèvent de partout, se chevauchent, se contredisent. Certains parlent de politique, d'engagement, de responsabilité. D'autres évoquent le réveillon, la fête, le plaisir d'être là sans contrainte. Le ton monte. Les gestes deviennent plus amples, plus agressifs.

Adélaïde se lève d'un bond, lève les mains.

— On se calme!

Sa voix claque comme un fouet. Le silence retombe, fragile, tendu. Tous les regards se tournent vers elle. Elle inspire profondément, redresse les épaules.

— Je peux être la porte-parole pour le live.

Victor éclate de rire, un rire méprisant qui résonne dans le CDI.

— Tu utilises toujours les choses à ton avantage. La personne la plus apte, c'est Anna.

Des murmures d'approbation parcourent l'assemblée. Puis quelqu'un crie :

— Anna ! Anna !

D'autres reprennent. Le nom d'Anna résonne dans le CDI, scandé par des dizaines de voix. Anna ! Anna ! Anna !

Anna lève les mains, secoue la tête vigoureusement. Son visage a pâli. Ses doigts serrent son dossier si fort que ses jointures blanchissent.

— On se calme ! Comme le disait Victor, je n'ai pas beaucoup de followers.

Victor croise les bras, un sourire narquois aux lèvres.

— Anna, je ne savais pas que tu avais peur. Tu proposes une idée et tu n'es pas assez courageuse pour la faire.

Le coup porte. Anna recule d'un pas, comme si Victor l'avait physiquement frappée. Ses joues s'empourprent. Ses yeux brillent, peut-être de larmes retenues, peut-être de colère.

Adélaïde s'avance, se place entre Victor et Anna.

— Arrête, Victor. C'était une idée comme ça. On peut toujours rester ici et attendre qu'on nous déloge.

Sa voix est calme, mais son corps est tendu, prêt à bondir. Victor la regarde, hausse les épaules, recule d'un pas.

Le silence retombe sur le CDI. Un silence lourd,

embarrassé. Personne ne sait quoi dire. Personne ne veut prendre la responsabilité. Alban observe la scène, sent quelque chose bouillonner en lui. Une idée. Folle, peut-être. Naïve, certainement. Mais une idée qui refuse de le lâcher.

Il se lève. Les regards affluent, chargés de jugement. Leur poids l'écrase. Mais il tient bon. Il inspire, et les mots s'échappent.

— Si personne ne veut être porte-parole, je peux le faire ?

Un silence stupéfait accueille sa proposition. Puis Victor ricane à nouveau.

— Rassure-moi, tu vas changer de tenue ?

Adélaïde se tourne vers Victor, les yeux flamboyants.

— Victor, arrête de le critiquer.

Mais Alban ne fait pas attention à Victor. Il est dans son idée, complètement absorbé. Les mots se bousculent dans sa tête, s'organisent, prennent forme. Il continue, sa voix gagnant en assurance.

— Si on ne veut pas un combat politique, on utilise les légendes. Je deviens la Dryade du Sycomore.

Victor fronce les sourcils, visiblement perdu.

— Une quoi ?

Anna, malgré son malaise, ne peut s'empêcher de répondre. C'est plus fort qu'elle.

— C'est un esprit d'un arbre dans la mythologie grecque.

Victor secoue la tête, incrédule.

— C'est ridicule !

Mais Louise s'avance. Elle regarde Alban, et pour la première fois depuis la veille, leurs yeux se croisent. Un sourire se dessine sur ses lèvres, doux, encourageant.

— Je ne trouve pas. C'est poétique. Moi, j'ai envie d'y croire.

Un silence passe, hésitant. Puis quelqu'un répète, presque pour lui-même : « La Dryade du Sycomore… »

La voix de Louise est douce, mais ferme. Elle porte dans le silence du CDI. D'autres élèves hochent la tête. Des murmures d'approbation s'élèvent. L'idée fait son chemin, se propage, prend racine.

— La Dryade du Sycomore, murmure quelqu'un.

— Oui, la Dryade du Sycomore !

— C'est beau, non ?

— C'est original, au moins.

Petit à petit, les voix s'amplifient. Les élèves commencent à scander, d'abord timidement, puis avec de plus en plus de conviction.

— La Dryade du Sycomore ! La Dryade du Sycomore !

Les mains frappent, les pieds tapent. Ça commence timidement, puis ça s'emballe, ça s'aligne, ça devient quelque chose. Le CDI tremble sous le rythme.

Victor regarde autour de lui, incrédule, dépassé.

— C'est la vraie vie ! Ce n'est pas un conte de fées !

Adélaïde se tourne vers lui, les yeux brillants de défi.

— Au moins, c'est courageux de sa part, comparé à toi.

Victor recule, comme giflé.

— Je ne suis pas peureux. Je suis réaliste.

Anna descend de sa chaise, s'approche de Victor. Elle a retrouvé son assurance, sa détermination. Son visage est fermé, dur.

— Alban a raison. Franchement, si certains ne se reconnaissent pas dans ce qu'on fait, ils ne sont pas obligés de rester.

Victor la regarde, bouche bée. Puis il éclate d'un rire amer.

— Au revoir, tout le monde.

Il tourne les talons, traverse le CDI à grandes enjambées. Les élèves s'écartent sur son passage. Il claque la porte derrière lui. Le bruit résonne comme un coup de feu.

Un silence suit son départ. Puis Adélaïde se tourne vers les autres, le visage grave.

— Il faut vite faire le live. Avant que Victor appelle les flics pour se venger.

Des murmures inquiets parcourent l'assemblée. Alban sent son cœur s'accélérer. Victor est capable de ça. Il en est certain. Mais il ne peut pas reculer maintenant. Pas après avoir proposé cette idée folle.

Il lève la main, attire l'attention.

— Je comprends. Mais il me faut une tenue spéciale. Pour montrer que je suis la Dryade du Sycomore.

Anna réfléchit, se mordille la lèvre. Puis son visage s'illumine.

— Une couronne avec des feuilles de sycomore ? Ça pourrait le faire, non ?

Adélaïde frappe dans ses mains, enthousiaste.

— C'est une excellente idée !

Anna ne perd pas une seconde. Elle traverse le CDI, sort dans la cour. À travers les vitres, Alban la voit s'approcher du sycomore, lever les bras, attraper des branches basses. Elle cueille des feuilles, une à une, avec précaution, presque avec révérence. Comme si elle demandait la permission à l'arbre.

Adélaïde s'approche d'Alban, pose une main sur son épaule. Ses yeux brillent d'une émotion qu'il ne sait pas nommer. Fierté ? Admiration ? Amour ?

— Alban, j'avais le sentiment que tu allais faire quelque chose d'exceptionnel.

Alban baisse les yeux. Les mots d'Adélaïde le réchauffent et l'effraient à la fois. Exceptionnel, lui ? Il se sent plutôt naïf. Inconscient, même.

— Merci. Je suis inconscient ou naïf.

Adélaïde sourit, un sourire tendre qui illumine tout son visage. Elle serre son épaule plus fort.

— C'est cette naïveté qui déplace des montagnes.

Alban lève les yeux vers elle. Il voit la conviction dans son regard, la foi qu'elle a en lui. Et quelque chose se dénoue dans sa poitrine. Peut-être qu'elle a raison. Peut-être que la naïveté n'est pas une faiblesse. Peut-être que c'est une force, la capacité de croire en l'impossible, de rêver quand tout le monde a renoncé.

Autour d'eux, les élèves s'agitent, discutent, préparent le live. Quelqu'un sort un trépied, installe un téléphone. D'autres réorganisent l'espace, poussent les tables, créent un décor. L'énergie est palpable, électrique. Tout le monde veut participer, contribuer, faire partie de quelque chose de plus grand.

Anna revient, les bras chargés de feuilles de sycomore. Elles sont magnifiques, d'un vert profond, veinées de lignes plus claires. Elle les pose sur une table, commence à les tresser ensemble. Ses doigts travaillent vite, avec une habileté surprenante. Elle forme un cercle, entrelace les tiges, ajuste les feuilles pour qu'elles se chevauchent harmonieusement.

Alban la regarde faire, fasciné. La couronne prend forme sous ses yeux, devient réelle, tangible. Ce n'est plus juste une idée folle. C'est quelque chose de concret, de beau.

Anna termine, lève la couronne à bout de bras. Les feuilles brillent dans la lumière du matin, presque magiques.

— Voilà, annonce-t-elle avec un sourire timide.

Adélaïde applaudit, imitée par d'autres élèves. Anna rougit, baisse les yeux, mais son sourire s'élargit.

Elle s'approche d'Alban, lève la couronne au-dessus de sa tête. Alban se penche. Anna pose la couronne sur ses cheveux, l'ajuste pour qu'elle tienne bien. Les feuilles effleurent son front, fraîches, vivantes.

Alban se redresse. La couronne pèse, légère mais présente. Les regards l'enveloppent, admiratifs, curieux, pleins d'espoir.

Adélaïde recule d'un pas, l'observe. Ses yeux brillent de larmes retenues.

— Tu es parfait, murmure-t-elle.

Alban ne se sent pas parfait. Terrifié, excité, vivant. Il ignore ce qui va se passer, si cette idée folle va fonctionner. Mais il sait une chose : il ne peut plus reculer.

Il est la Dryade du Sycomore maintenant.

Et le monde entier va le savoir.

Louise s'approche, sort son téléphone. Elle ouvre l'application de live, vérifie les paramètres. Ses doigts tremblent, mais son visage est concentré.

— On est prêts ? demande-t-elle.

Alban inspire. Il croise le regard d'Adélaïde qui lui sourit, celui d'Anna qui l'encourage d'un signe de tête. Puis tous ces élèves rassemblés autour d'eux, tous ces visages tournés vers lui, tous ces espoirs.

— On est prêts.

Louise lève son téléphone, cadre Alban. Derrière lui, à travers les vitres, le sycomore se dresse.

— Trois, deux, un…

Le live commence.

Et avec lui, quelque chose de plus grand. Quelque

chose qui dépasse Alban, qui dépasse le lycée, qui dépasse même le sycomore.

Chapitre 15

Louise tient son téléphone à bout de bras, le cadre parfaitement ajusté. Alban se tient devant elle, la couronne de feuilles de sycomore posée sur sa tête comme une bénédiction.

— Trois, deux, un…

Le compteur du live s'affiche à l'écran. Zéro spectateur. Puis un. Puis trois. Les chiffres grimpent lentement.

Alban inspire. Il regarde la caméra, et quelque chose change dans son regard. Ce n'est plus Alban qui se tient là. C'est la Dryade. Un esprit ancien, sage, bienveillant.

— Bonjour, commence-t-il.

Sa voix est claire, posée, sans tremblements. Elle porte dans le silence du CDI. Les élèves retiennent leur souffle, captivés.

— Je suis la Dryade du Sycomore. L'esprit de cet

arbre magnifique qui se dresse derrière moi depuis plus de cent cinquante ans.

Il ne lit pas de notes. Il ne récite pas un discours préparé. Les mots viennent naturellement, du cœur, chargés d'une émotion sincère.

— Cet arbre a vu des générations d'élèves grandir sous ses branches. Il a offert son ombre pendant les étés brûlants, ses couleurs pendant les automnes mélancoliques. Il a été témoin de premiers baisers, de rires, de larmes, de rêves.

Le compteur continue de grimper. Dix spectateurs. Vingt. Cinquante.

— Aujourd'hui, on veut le détruire. Car il est dangereux, dangereux pour qui?

Alban sourit, un sourire doux, presque triste.

— Nous sommes ici, cette nuit, pour dire non. Pour protéger ce qui mérite d'être protégé. Pour rappeler au monde que certaines choses sont sacrées.

Son regard ne fuit pas la caméra. Il la fixe avec une intensité tranquille, comme s'il parlait directement à chaque spectateur, individuellement.

— Nous ne sommes pas violents. Nous ne détruisons rien. Nous sommes juste là, présents, témoins. Nous sommes la voix de cet arbre qui ne peut pas parler.

Cent spectateurs. Deux cents. Les chiffres s'accélèrent.

— Je vous demande de nous rejoindre. Pas physiquement, si vous ne pouvez pas. Mais dans vos cœurs. Croyez en la beauté. Croyez en la vie. Croyez que nous pouvons faire mieux que détruire ce qui nous a été offert.

Alban lève les yeux vers le sycomore, visible à travers les vitres. Son visage s'illumine d'une joie pure.

— Regardez-le. Il est magnifique, non ? Il mérite de vivre. Nous tous, nous méritons de vivre dans un monde où les arbres centenaires sont respectés, protégés, aimés.

Trois cents spectateurs. Quatre cents.

Adélaïde, debout à côté de Louise, sent les larmes couler sur ses joues. Elle ne les essuie pas. Elle laisse l'émotion la submerge, la porter

Dans un coin du CDI, un téléphone vibre sur une table. L'écran s'allume brièvement, affichant un message que personne ne remarque : « Ils arrivent. »

— Merci de nous écouter. Merci de croire. Ensemble, nous sommes plus forts. Ensemble, nous pouvons…

Un grand fracas retentit dans le couloir : pas la porte qui explose, mais la porte du lycée qui s'ouvre brusquement, avec un choc métallique contre le mur.

Des voix s'élèvent, autoritaires, nettes

— Police nationale ! Ne bougez plus !

Alban reste immobile, pétrifié. Son cerveau refuse d'admettre ce qu'il voit ; pendant une seconde, tout son corps se fige, incapable de réagir.

Les uniformes déboulent dans le CDI, rapides, déterminés. Pas de boucliers, pas de casques, mais des gilets pare-balles, des lampes torches puissantes. Une dizaine d'agents, peut-être plus.

Louise sursaute et porte une main à sa bouche, les yeux écarquillés de peur. Les élèves se figent, sidérés. Une tasse tombe d'une table et se brise au sol, le bruit sec résonne dans l'air figé.

— On ne bouge pas ! On pose ce qu'on a dans les mains !

L'un d'eux arrache le portable de Louise.

— Stoppez la vidéo, mademoiselle.

Elle tente de résister. Mauvaise idée.

— Je vous ai dit de me donner ça !

Il confisque le téléphone.

Un autre policier, en passant trop vite, renverse la pochette.

Le téléphone tombe par terre dans un bruit sec.

Louise pousse un cri.

— Hé ! Faites attention !

Le policier ne se retourne même pas.

Alban voit tout. Il voit Adélaïde menottée, traînée vers la sortie.

Les policiers le traînent hors du CDI, à travers les couloirs. Ses pieds glissent sur le sol, cherchent une prise. La couronne de feuilles tombe de sa tête, roule sur le carrelage. Un policier marche dessus, écrase les feuilles. Elles se déchirent.

Dehors, la lumière du jour l'éblouit. Des fourgons de police sont garés dans la cour, portes ouvertes, prêts à avaler leur cargaison humaine. Des gyrophares tournent, projettent des éclairs bleus et rouges sur les murs du lycée.

Le sycomore se dresse au centre de la cour. Ses branches bougent dans la brise.

Les policiers le poussent vers un fourgon. Alban trébuche, manque de tomber. Ils le rattrapent, le redressent sans douceur. Il monte dans le fourgon, s'assoit sur le banc métallique.

Adélaïde arrive, poussée par deux policiers. Ses yeux cherchent Alban, le trouvent. Elle se précipite vers lui, s'assoit à ses côtés. Leurs épaules se touchent. Leurs mains menottées se frôlent.

— Ça va aller, murmure-t-elle.

Alban ne répond pas. Il ne sait pas quoi dire. Il ne sait pas si ça va aller.

Le fourgon se remplit en silence. Anna d'abord, la lèvre fendue, un œil à demi fermé. Puis Louise, les yeux rouges et vides. Puis les autres, un par un, des visages qu'Alban reconnaît à peine.

Les portes claquent. L'obscurité les enveloppe. Seules quelques fentes laissent passer la lumière, dessinant des lignes sur les visages terrifiés.

Le moteur démarre. Le fourgon s'ébranle, quitte le lycée. À travers les fentes, Alban voit le sycomore s'éloigner.

Le trajet dure une éternité. Personne ne parle. Le silence est lourd, oppressant, brisé seulement par les sanglots étouffés de quelques élèves.

Finalement, le fourgon s'arrête. Les portes s'ouvrent. La lumière grise d'un matin ordinaire les accueille.

Devant eux, le commissariat. Des policiers les font descendre, les alignent contre le mur extérieur. Ils prennent leurs noms, leurs adresses, leurs empreintes digitales.

Puis ils les séparent. Adélaïde est emmenée dans une direction. Anna dans une autre. Louise disparaît derrière une porte. Alban les regarde partir, impuissant.

Deux policiers l'attrapent par les bras, le conduisent dans un couloir étroit. Ils s'arrêtent devant une porte, frappent.

— Entrez.

Ils ouvrent la porte, poussent Alban à l'intérieur. La pièce est petite, nue. Une table métallique, deux chaises, une caméra dans un coin. Un homme est assis derrière la table. La cinquantaine, cheveux gris coupés court, mâchoire carrée. Son uniforme est impeccable. — Assieds-toi.

Alban obéit. Les policiers retirent ses menottes, sortent, ferment la porte. Le claquement résonne comme un coup de feu.

Le capitaine observe Alban.

— Bon… tu es Alban, c'est ça ?

Son regard glisse lentement sur la robe, le maquillage. Un rictus lui échappe.

— Tu t'es déguisé pour impressionner qui, exactement ?

Il note sur son dossier.

— On m'a rapporté que tu serais le *leader*. Honnêtement… tu as l'air un peu jeune pour ça. Et…

Il désigne la tenue d'Alban, comme si c'était un argument suffisant.

— …pas vraiment du genre à mener une opération.

Alban relève la tête, calme.

— Je suis la Dryade du Sycomore.

Le capitaine souffle un petit rire.

— Très poétique. Mais ici, on parle de faits. Intrusion. Mise en danger. Trouble à l'ordre public. Alors tu vas arrêter de jouer au personnage de conte de fées et me dire qui t'a influencé.

Alban ne baisse pas les yeux.

— Le sycomore.

Le capitaine se penche, l'air fatigué d'avoir entendu trop de mensonges.

— Écoute, gamin. Les vrais leaders, ce n'est pas… Il désigne la robe d'un geste vague. …ça. Alors arrête ton cinéma.

— Mettez-le en cellule. On reprendra plus tard.

Ils traînent Alban hors de la pièce. Le couloir défile, interminable. Puis une porte métallique, une cellule minuscule. Ils le poussent à l'intérieur, claquent la porte.

Alban se retrouve seul. Dans le silence. Dans l'obscurité.

Mais dans sa tête, une voix résonne. Sa voix. Celle de la Dryade.

Je suis la Dryade du Sycomore. Et je ne céderai pas.

Chapitre 16

Après dix longues heures de garde à vue, la porte de la cellule s'ouvre enfin. Alban cligne des yeux, ébloui par la lumière crue du couloir. Un policier lui fait signe de sortir. Alban se lève, les jambes engourdies. Il porte toujours la robe améthyste, froissée maintenant, tachée par endroits. Le tissu a perdu de son éclat, mais il refuse de l'enlever.

On le conduit vers un comptoir où un autre policier lui tend un sac en plastique transparent. À l'intérieur, ses affaires personnelles : son téléphone, son portefeuille, et les lacets de ses bottines. Alban prend le sac, le serre contre sa poitrine. Ses doigts tremblent quand il ouvre le sachet pour récupérer les lacets.

Il s'assoit sur un banc métallique, pose une bottine sur

son genou. Le lacet glisse entre ses doigts, refuse de coopérer. Il essaie de l'enfiler dans les œillets. Le lacet tombe. Il le ramasse, recommence. Ses ongles, encore vernis d'un rose pâle écaillé, accrochent le tissu de la robe à chaque mouvement.

— Allez ! Mon fils !

La voix de son père résonne dans le hall du commissariat. Alban lève la tête. Son père se tient près de l'entrée. Il porte un costume sombre, impeccable. Mais ses yeux évitent Alban. Ils se posent sur les murs, sur le sol, sur les policiers qui passent. Partout sauf sur son fils.

Alban baisse la tête, s'acharne sur ses lacets. Le premier résiste, glisse, finit par céder. Le deuxième suit plus facilement. Ses doigts tremblent encore un peu, mais moins.

Il se lève, ajuste sa jupe qui retombe sur ses collants blancs, maintenant grisâtres et troués au genou droit. Il lisse le tissu du plat de la main, un geste réconfortant.

— C'est bon, dit-il en s'approchant de son père.

Son père ne répond pas. Il se tourne vers la sortie, commence à marcher. Alban le suit, quelques pas derrière. Il sent le regard des policiers sur lui, ces regards qui pèsent, qui jugent. Mais il garde la tête haute, refuse de se recroqueviller.

— Il me manque juste ma couronne, murmure-t-il.

Son père s'arrête net, se retourne. Ses yeux se plissent.

— Quoi ?

Alban désigne une poubelle près du comptoir d'accueil. À l'intérieur gisent les feuilles de sycomore de sa couronne, celles qu'il avait tressées avec tant de soin. Elles sont froissées, déchirées, jetées comme des déchets sans valeur.

Quelque chose se brise en lui. Une vague de frustration monte, brûlante, incontrôlable. Ses yeux se remplissent de larmes. Il les retient de toutes ses forces, mais une larme s'échappe, roule sur sa joue. Il l'essuie rapidement du revers de la main, mais d'autres suivent.

— Tu ne vas pas pleurer pour une babiole, lâche son père, la voix dure. Tu me fais déjà honte comme ça.

Les mots claquent comme des gifles. Alban sent sa gorge se nouer. Il voudrait répondre, crier, se défendre. Mais rien ne sort. Il reste là, figé, les larmes coulant silencieusement sur ses joues.

Son père tourne les talons, pousse la porte vitrée du commissariat. Alban le suit, les poings serrés. Il pourra se disputer avec lui chez eux. Pas ici. Pas devant tout le monde.

Ils sortent dans la lumière du jour. Le soleil de fin d'après-midi les frappe de plein fouet. Alban cligne des yeux, lève une main pour se protéger de la lumière. Et c'est là qu'il les voit.

Un groupe d'élèves se tient sur le trottoir d'en face. Adélaïde est au premier rang, les cheveux détachés, le visage rayonnant. À côté d'elle, Anna, ses petites lunettes rondes glissant sur son nez. Et Louise, les bras levés, un sourire éclatant aux lèvres.

— La Dryade du sycomore ! La Dryade du sycomore !

Leurs voix s'élèvent ensemble, scandent le nom comme un hymne. D'autres élèves se joignent à eux, une dizaine, puis une vingtaine. Le chant enfle, résonne dans la rue.

— La Dryade du sycomore ! La Dryade du sycomore !

Alban reste figé sur les marches du commissariat. Son cœur bat à tout rompre. Une chaleur se diffuse dans sa poitrine. Il sent un sourire se dessiner sur ses lèvres.

Adélaïde lève le poing en l'air, les yeux brillants. Anna applaudit, les joues rosies. Louise siffle, deux doigts dans la bouche, un sifflement strident qui perce le brouhaha.

— La Dryade du sycomore ! La Dryade du sycomore !

Des caméras apparaissent. Des journalistes se frayent un chemin à travers la foule, micros tendus, caméras braquées sur Alban. Les flashs crépitent. Les questions fusent.

— Alban ! Comment vous sentez-vous ?

— Alban ! Que pensez-vous de votre arrestation ?

— Alban ! Allez-vous continuer le combat pour le sycomore ?

Le père d'Alban se raidit. Il descend les marches à grandes enjambées, se place devant son fils comme un bouclier. Ses bras s'écartent, repoussent les caméras, les journalistes.

— Reculez ! Laissez-nous passer !

Sa voix est autoritaire, presque agressive. Il bouscule un journaliste qui s'approche trop près, repousse une caméra d'un geste brusque. Son visage est rouge, ses mâchoires serrées. Il ne regarde pas Alban, ne lui adresse pas un mot. Il se contente de faire barrage, de protéger son fils de cette exposition qu'il juge humiliante.

Alban reste en retrait, observe la scène. Il voit son père se débattre avec les journalistes, les repousser avec une violence contenue. Il voit les élèves qui continuent de scander son nom, qui lèvent leurs poings en signe de solidarité. Il voit Adélaïde qui lui sourit, les yeux brillants de fierté.

Et il réalise qu'il ne peut pas savourer ce moment. Pas maintenant. Pas avec son père qui le tire par le bras, qui le pousse vers la voiture familiale garée un peu plus loin.

— Allez, monte !

Son père ouvre la portière arrière, fait signe à Alban d'entrer. Alban obéit, se glisse sur la banquette. Sa mère est déjà là, assise à l'avant, le visage pâle, les mains crispées sur ses genoux. Elle se retourne, croise le regard d'Alban, lui adresse un sourire faible, rassurant.

Le père d'Alban monte à son tour, claque la portière. Il démarre en trombe, les pneus crissent sur l'asphalte. Les élèves s'écartent, continuent de scander, de lever leurs poings. Alban se retourne, regarde par la vitre arrière. Adélaïde court derrière la voiture, la main levée. Alban plaque la sienne contre la vitre. Ils se regardent jusqu'à ce qu'elle disparaisse.

Le silence retombe dans l'habitacle. Un silence lourd, oppressant. Le père d'Alban fixe la route, les mains crispées sur le volant. Sa mère regarde par la fenêtre, les lèvres pincées. Alban reste immobile sur la banquette arrière, les mains posées sur ses genoux, la robe froissée autour de ses jambes.

Il pense aux élèves, à leurs voix qui scandaient son nom. Il pense à Adélaïde, à son sourire, à sa fierté. Il pense à la couronne de feuilles de sycomore, jetée dans une poubelle comme un déchet sans valeur.

Et il pense à son père, à ce silence pesant, à cette honte palpable.

La voiture file à travers les rues de Saint-Georges. Les lampadaires commencent à s'allumer. Alban observe le paysage défiler, les rues familières, les visages anonymes.

Ils arrivent enfin chez eux. Le père d'Alban se gare dans l'allée, coupe le moteur. Le silence persiste. Personne ne bouge. Personne ne parle.

Puis, enfin, le père d'Alban ouvre sa portière, sort de la voiture. Il claque la portière derrière lui, se dirige vers la maison à grandes enjambées. La mère d'Alban soupire, se tourne vers son fils.

— Viens, mon chéri.

Alban hoche la tête, sort de la voiture. Ses jambes sont engourdies, ses pieds douloureux dans les bottines. Il suit sa mère jusqu'à la porte d'entrée, entre dans la maison.

Son père est déjà dans le salon, debout près de la fenêtre, les bras croisés. Il se tourne vers Alban dès qu'il entre, le visage dur, les yeux brillants de colère.

— Tu vas immédiatement changer de tenue !

Sa voix claque comme un fouet. Alban sursaute, recule d'un pas. Mais il se reprend, se redresse, plante son regard dans celui de son père.

— Non.

Le mot sort tout seul, ferme, définitif. Le père d'Alban cligne des yeux, déstabilisé. Il ne s'attendait pas à ça. Il ne s'attendait pas à ce que son fils lui tienne tête.

— Comment ça, non ?

— Non. Je ne changerai pas de tenue.

Le père d'Alban serre les poings, les mâchoires crispées.

— Je ne te reconnais plus, Alban. Où est passé mon fils studieux et obéissant ?

La colère l'envahit. Un pas en avant. Les yeux brillants.

— J'ai changé !

Les mots résonnent dans le salon, lourds de sens. Le père d'Alban reste figé, incapable de répondre. Alban tourne les talons, monte l'escalier à grandes enjambées. Il entre dans sa chambre, claque la porte derrière lui.

Il s'adosse au battant, ferme les yeux, inspire. Son cœur bat à tout rompre. Il vient de tenir tête à son père. Il vient de lui dire non. Et ça fait du bien.

Il se laisse glisser le long de la porte, s'assoit sur le sol, les genoux repliés contre sa poitrine. Il pose sa tête sur ses genoux, ferme les yeux. Les larmes montent, brûlantes, libératrices. Il les laisse couler, ne les retient plus.

Quelques minutes plus tard, on frappe doucement à la porte. Alban lève la tête, essuie ses yeux.

— Oui?

— C'est maman. Je peux entrer?

Alban se lève, ouvre la porte. Sa mère se tient sur le seuil, le visage doux, les yeux brillants. Elle entre, referme la porte derrière elle, s'assoit sur le lit. Alban reste debout, les bras croisés, sur la défensive.

— Je suis contente de ce que tu fais, dit-elle doucement. Et je t'admire beaucoup. Mais tu étais un peu sévère avec ton père.

Alban secoue la tête, la colère affleurant de nouveau.

— Tu ne vas pas le défendre. J'ai le droit de m'habiller comme je veux.

Sa mère lève une main, un geste apaisant.

— Oui, et je respecte ça. Mais comprends, tu lui as menti, tu m'as menti par la même occasion, et on te retrouve en garde à vue.

Alban baisse les yeux, la culpabilité le rongeant.

— Mais tout s'est bien fini!

— Certes, mais c'était un choc.

À ces mots, Alban prend conscience de la gravité de ses actes. Des larmes se forment sur le visage de sa mère, roulent sur ses joues. Elle ne pleure pas, juste quelques larmes silencieuses qui disent tout.

— Je m'excuse, murmure-t-il, la voix brisée.

Sa mère se lève, s'approche, le prend dans ses bras. Alban se laisse aller, pose sa tête sur son épaule, sent l'odeur familière de son parfum. Elle le serre contre elle, une étreinte douce, rassurante.

— Juste, à la prochaine fois, préviens-moi, murmure-t-elle contre ses cheveux.

— Viens en bas pour calmer le jeu avec ton père.

Alban se détache, essuie ses yeux.

— D'accord. Mais je garde la robe.

Sa mère sourit, un sourire tendre, compréhensif.

— Cela ne me pose pas de problème.

Ils descendent ensemble l'escalier. Le père d'Alban est assis à la table de la cuisine, les bras croisés, le visage fermé. Il lève les yeux quand ils entrent, son regard se pose sur Alban, sur la robe qu'il porte toujours.

— Tu n'as pas changé de tenue !

Sa voix est dure, accusatrice. La mère d'Alban s'interpose, pose une main sur l'épaule de son mari.

— Il peut garder sa tenue.

Le père d'Alban ouvre la bouche, puis la referme. Il détourne le regard, fixe la table.

Alban s'avance, les mains tremblantes.

— Papa, pardon. Je ne voulais pas te faire honte.

Le père ne réagit pas. Il reste figé, les mâchoires serrées, les yeux rivés sur la table. Le silence s'installe, lourd, inconfortable.

La mère d'Alban soupire, se dirige vers la cuisine.

— Je vais préparer le dîner.

Elle sort des casseroles, commence à cuisiner. Alban reste debout, ne sachant pas quoi faire. Son père ne le regarde toujours pas, ne dit rien. Alban finit par s'asseoir à table, en face de lui.

Le silence persiste. La mère d'Alban s'affaire en cuisine, le bruit des ustensiles résonne dans la pièce. Alban observe son père, cherche un signe, un mot, n'importe quoi. Mais rien ne vient.

Le dîner est prêt. La mère d'Alban apporte les plats, les pose sur la table. Ils commencent à manger en silence. Personne ne parle. Personne ne se regarde. Le repas est silencieux, pesant.

Le dîner se termine. Alban aide à débarrasser, puis monte dans la salle de bain. Il se regarde dans le miroir. Le maquillage a coulé, le mascara a laissé des traces noires sous ses yeux. La perruque est de travers, les tresses défaites. Il retire la perruque, la pose sur le rebord du lavabo. Puis il se démaquille, lentement, méthodiquement.

Il observe son visage redevenir celui d'un garçon. Les traits se durcissent, la douceur disparaît. Il ne comprend pas comment il est devenu la tête d'un mouvement. La Dryade du sycomore. Comment des vêtements peuvent lui procurer autant de courage, autant de force.

Il enlève la robe, la plie, la pose sur une chaise. Il retire les collants, les bottines. Il enfile un pyjama simple, confortable.

Il monte dans sa chambre, s'allonge sur son lit. Il fixe le plafond, les pensées tourbillonnant dans sa tête. Il ferme les yeux, sent le sommeil le gagner. Demain sera un autre jour.

Mais pour l'instant, il dort. Et dans ses rêves, il porte une couronne de feuilles de sycomore, et il est libre.

Chapitre 17

Alban froisse une nouvelle fois une feuille entre ses doigts, puis la repose sur son bureau. Le dimanche s'étire, lourd et sans fin. La lumière pâle filtre à travers les rideaux et dessine des motifs sur le parquet. Penché sur ses fiches, il lutte pour déchiffrer des formules qui se brouillent devant ses yeux.

Il nage des fringues neutres, passe-partout. D'un geste brusque, il tire sur le tissu, comme pour s'arracher à quelque chose qui lui colle à la peau et l'étouffe.

Sur son lit, la robe améthyste est simplement posée, étalée sur l'oreiller comme si elle l'attendait. Les collants blancs forment une boule à moitié roulée, les bottines traînent près du pied du lit, dépareillées. La perruque brune repose en équilibre bancal sur une étagère encombrée, ses tresses défaites. Tout est là, à portée de main, mais hors d'atteinte. Son père a été clair : *Tu ne mets pas un pied dehors aujourd'hui. Pas après ce qui s'est passé. Je veux t'avoir à l'œil.*

Alban soupire, referme son cahier de mathématiques. Il se lève, fait les cent pas dans sa chambre. Trois pas jusqu'à la fenêtre, trois pas jusqu'à la porte. Encore et encore.

Il s'approche de la fenêtre, écarte le rideau. La rue est calme. Quelques voitures passent, des voisins promènent leurs chiens. La vie continue. Comme si rien ne s'était passé. Comme si le monde n'avait pas basculé.

Son téléphone vibre sur le bureau. Alban sursaute, se retourne. L'écran s'illumine, affiche un nom : Adélaïde. Son cœur bondit dans sa poitrine. Il se précipite, décroche avant la fin de la première sonnerie.

— Allô ?

— Alban ! Tu as vu sur les réseaux ? La vidéo tourne partout, tu n'imagines même pas.

La voix d'Adélaïde est euphorique. Alban entend le sourire dans ses mots, cette joie contagieuse qui d'habitude le réchauffe. Mais aujourd'hui, il ne ressent rien. Juste un vide froid, pesant.

Dès qu'il pense à cette vidéo, ce ne sont pas les commentaires ni les likes qui lui viennent en tête, mais le bruit sec de la porte de cellule, l'odeur métallique du fourgon, les gyrophares qui dansent sur les murs.

Il s'assoit sur son lit, les épaules affaissées. Sa main se pose sur la robe pliée, caresse le tissu doux.

— Est-ce que j'ai fait le bon choix?

Le silence qui suit est bref, mais lourd.

— Oui. Tout le monde veut sauver le sycomore, et c'est grâce à toi!

Alban secoue la tête. Il serre le tissu entre ses doigts.

— Je ne sais pas si j'ai envie de jouer les héros.

Hier, dans le fourgon, menotté entre deux inconnus, il n'avait rien d'un héros. Juste un gamin qui avait envie de disparaître.

— Laisse les autres te définir comme ils veulent, et toi, reste comme tu es.

Les mots sont doux, rassurants. Mais ils ne suffisent pas à chasser le doute. Il se lève, recommence à faire les cent pas, incapable de rester immobile.

— J'aimerais trop être avec toi, murmure-t-il, la voix brisée. Que tu me maquilles et que je devienne cette Dryade du sycomore.

— Je sais. Moi aussi.

Alban s'arrête devant le miroir. Il observe son reflet : un garçon aux traits tirés, aux yeux cernés. Un garçon qui ne se reconnaît pas. Il détourne le regard.

— J'aimerais ne pas me sentir faible. Je pourrais sortir de chez moi en douce, mais je n'ai pas le courage.

Sa voix se brise. Les larmes montent, brûlantes. Il les retient de toutes ses forces.

— Je sais, je te comprends. C'est normal que tu doutes.

Il s'assoit sur le bord de son lit, la tête dans sa main libre. Il ferme les yeux, inspire. Les larmes coulent.

— Qu'est-ce que je dois faire ?

La question sort dans un souffle, presque inaudible.

— À toi de décider. Mais sache une chose : la Dryade du sycomore ne peut pas mourir.

Les mots résonnent en lui, lourds de sens. Il ouvre les yeux, fixe la robe posée sur l'oreiller.

— Merci, murmure-t-il.

Le silence s'installe, complice.

— Tu sais ce qui me fait le plus peur ? Quand je porte la robe, le maquillage, je me sens moi-même. Mais quand je suis comme ça, en jean et t-shirt, je me sens vide. Comme si je n'existais pas.

Le silence qui suit est long.

— Je… je pense que la robe… enfin tu vois… elle te révèle un peu. C'est pas elle qui te change, c'est juste… ça t'aide à te sentir toi.

Alban observe son reflet. Un garçon qui doute, qui a peur.

— Je ne comprends pas comment des vêtements peuvent me procurer autant de courage.

— Parce que ce ne sont pas juste des vêtements. C'est une armure. C'est ta façon de te protéger, de te sentir fort.

— Tu sais ce qui est drôle ? Tout le monde me voit comme un héros. Mais moi, je me sens juste comme un gamin perdu.

Adélaïde rit, un rire tendre.

— C'est ça, être un héros. C'est avoir peur et le faire quand même.

Alban sourit malgré lui. Il prend la robe entre ses mains, la serre contre sa poitrine.

— On se verra demain au lycée, normalement.

— Pourquoi *normalement* ?

— Attends, je dois te dire un truc. Demain matin, avant les épreuves, il y a une manif devant la mairie. Je serai avec Anna et Pik.

Silence.

— Une manif? Le matin du bac ?

— Ouais. Je sais, c'est risqué. Mais c'est maintenant ou jamais. Si le maire voit qu'on est nombreux...

— Tu vas rater ta première épreuve.

— Je sais. Mais de toute façon, je suis nulle en philo. Si ça finit avant midi, j'irai à celle de l'après-midi.

Alban ne sait pas quoi répondre. Une partie de lui voudrait y aller, être à ses côtés. L'autre partie a trop peur.

— Tu... tu veux que je vienne ?

— Non. Toi, tu passes le bac. C'est important. Moi, je représenterai la Dryade.

— Et si je plante tout ? Si je reste bloqué devant ma copie comme un con ?

— Tu vas pas planter.

— Tu peux pas savoir ça ! Regarde-moi, Adé. Je suis enfermé chez moi comme un gosse puni, je pleure sur ma robe, je sais même plus si je révise pour le bac ou si je révise pour faire plaisir à mon père !

Silence.

— Pardon, je… j'aurais pas dû crier.

— Non, c'est bon. Continue. Vide tout.

Il fixe le plafond. Les mots se bousculent.

— J'ai peur. J'ai peur de rater le bac. J'ai peur de décevoir mes parents. J'ai peur de ne plus savoir qui je suis.

Les larmes coulent de nouveau. Il laisse tout sortir.

— Tu n'as pas à être à la hauteur de quoi que ce soit. Tu n'as qu'à être toi-même.

— Mais je ne sais pas qui je suis !

— Si, tu le sais. Tu es Alban. Tu es celui qui dessine sous le sycomore. Tu es celui qui porte des robes parce que ça le rend heureux. Tu es tout ça à la fois.

Il essuie ses yeux, inspire profondément.

— Merci. Merci d'être là.

— Toujours. Je serai toujours là pour toi.

Ils continuent de parler. Adélaïde lui raconte un film qu'elle a vu. Alban l'écoute, se laisse bercer par sa voix. L'angoisse se dissipe peu à peu.

— Tu sais ce que j'aime chez toi ? Tu ne me juges jamais.

— Parce que c'est ça, l'amour. C'est accepter l'autre dans sa totalité.

Son cœur se réchauffe.

— Je t'aime.

— Moi aussi, je t'aime.

Silence complice.

Ils raccrochent. Alban reste immobile un moment, le téléphone à la main. Puis il se lève, se dirige vers son lit. Il prend la robe, la serre contre sa poitrine, ferme les yeux.

Demain, il passera le bac. Demain, il affrontera le monde. Mais pour l'instant, il a juste besoin de dormir.

Il pose la robe sur l'oreiller, s'allonge à côté. Il ferme les yeux, sent le sommeil le gagner. Les pensées tourbillonnent encore dans sa tête, mais elles sont moins oppressantes maintenant. Moins effrayantes.

Chapitre 18

Adélaïde traverse la place de la mairie d'un pas vif, ses baskets claquant sur les pavés encore mouillés de rosée. La lumière dorée du matin glisse sur son jean délavé et sur le t-shirt blanc où elle a inscrit au marqueur : *Sauvons le Sycomore.* Sa queue de cheval se balance derrière elle, battue par la petite brise fraîche qui pique encore l'air malgré la chaleur de juin qui promet d'arriver.

Elle s'arrête au centre de la place presque vide et redresse la pancarte qu'elle serre contre elle : un simple carton récupéré, peint de rouge *La Dryade veille sur nous.* Ses doigts tremblent un peu, pas de peur, mais d'adrénaline. Les oiseaux chantent dans les arbres. Eux, ils s'en fichent de tout ça. Adélaïde, elle, fixe l'entrée de la mairie avec un regard déterminé. Aujourd'hui, tout peut basculer.

Elle se demande si quelqu'un viendra. Si tout ça n'est pas qu'une illusion, un rêve éveillé qui s'effondrera dès que le soleil sera haut dans le ciel.

Puis elle entend des pas. Elle se retourne. Anna arrive, essoufflée, les joues rosies par la course. Elle porte un jean et un t-shirt simple, ses petites lunettes rondes glissant sur son nez. Elle tient une pancarte : *Le Sycomore est sacré.*

— Salut, Adélaïde.

— Salut, Anna.

Elles se sourient, un sourire nerveux, chargé d'espoir et d'appréhension. Puis d'autres personnes arrivent. Pik, grande et solide, les cheveux courts poivre et sel, un foulard noué autour du cou. Elle porte une pancarte : *Respectez nos arbres*. Derrière elle, des clients du Rohan, des habitants de Saint-Georges, des anciens élèves du lycée. Certains tiennent des pancartes, d'autres des banderoles. Certains portent des t-shirts avec des slogans, d'autres ont peint leur visage aux couleurs de la nature.

En quelques minutes, la place se remplit. Des dizaines de personnes, puis des centaines. Des adultes, des lycéens, des enfants. Des familles entières. Des personnes âgées qui marchent lentement, appuyées sur des cannes. Des jeunes qui crient, qui chantent, qui brandissent leurs pancartes avec fierté.

Adélaïde observe la scène, les yeux écarquillés. Elle n'arrive pas à y croire. Tous ces gens. Tous ces gens qui sont venus. Pour le sycomore. Pour la Dryade.

Anna se tient à côté d'elle, les mains crispées sur sa

pancarte. Elle regarde la foule, les yeux brillants derrière ses lunettes. Pik s'approche d'elles, pose une main sur l'épaule d'Adélaïde.

— Tu vois ? On n'est pas seuls.

Adélaïde hoche la tête, la gorge nouée, les yeux qui piquent. Elle refuse de pleurer. Pas maintenant. Pas devant tout le monde.

Les cris commencent à s'élever. Un petit groupe de lycéens s'était glissé sur le côté, visiblement plus excité par l'idée de sécher les cours que par celle de sauver l'arbre. D'abord timides, hésitants, puis de plus en plus forts, de plus en plus assurés.

— Il ne faut pas abattre le sycomore !

— Sauvons la Dryade !

— Le sycomore est sacré !

Les voix se mêlent, se superposent, créent une cacophonie puissante, vibrante. Adélaïde sent l'énergie de la foule, cette force collective qui la porte, qui la soulève. Elle lève sa pancarte, crie avec les autres.

— Il ne faut pas abattre le sycomore !

Anna crie à côté d'elle, la voix claire et forte. Pik crie aussi, les poings levés. Autour d'elles, des centaines de voix s'élèvent, résonnent sur la place, rebondissent contre les murs de la mairie.

Un homme âgé, cheveux blancs, visage buriné, s'approche d'Adélaïde. Il porte une pancarte : *J'ai grandi sous le Sycomore*. Il la regarde, les yeux brillants.

— Merci, jeune fille. Merci de te battre pour lui.

L'homme lui presse l'épaule, puis retourne dans la foule.

Une femme d'une quarantaine d'années s'approche d'Anna. Elle tient un enfant par la main, un petit garçon aux yeux écarquillés.

— Ma mère parlait toujours du sycomore comme d'un arbre protecteur. Elle disait qu'il veillait sur la ville.

Anna la regarde, intriguée.

— Un arbre protecteur ?

— Oui. Elle le sentait spécial. Comme s'il était vivant. Avec une âme. On ne peut pas le laisser mourir.

Les cris continuent, de plus en plus forts. Les pancartes s'agitent dans l'air, créent un ballet coloré. Certains ont apporté des tambours, des sifflets, des instruments de musique. Le rythme s'installe, Elle pense au sycomore, à ses branches immenses, à son ombre protectrice. Elle pense à la Dryade, à cette présence qu'elle a ressentie, à cette force qui l'a guidée jusqu'ici.

Pik s'adresse à elle, la voix forte pour couvrir le bruit.

— Tu ne te fais pas de soucis pour le bac ? Tu rates une épreuve, là.

Adélaïde se tourne vers elle, hausse les épaules.

— De toute façon, j'étais nulle en philo. Si on finit avant cet après-midi, j'irai à l'épreuve de l'après-midi.

Pik la regarde, les yeux brillants d'admiration.

— T'es courageuse quand même. Alban est parti passer le bac, lui, c'est ça ?

— Oui.

Pik soupire, un sourire aux lèvres.

— Dommage qu'il ne soit pas là. Il devient important dans le mouvement.

Adélaïde pense à Alban, à son absence, à son choix de passer le bac plutôt que de venir manifester. Elle ne lui en veut pas. Elle comprend. Mais elle aurait aimé qu'il soit là, à ses côtés.

— La Dryade du Sycomore peut vivre au-delà de lui. Elle nous donne de la force. À nous de la saisir.

Pik la regarde, surprise par la profondeur de ces mots.

— Tu as raison.

Les heures passent. Le soleil monte dans le ciel, la chaleur s'installe. Certains manifestants s'assoient sur les marches de la mairie, boivent de l'eau, mangent des sandwichs. D'autres continuent de crier, de chanter, de danser. L'énergie ne faiblit pas.

Adélaïde observe la foule, cherche des visages familiers. Elle reconnaît des élèves du lycée, des clients du Rohan, des habitants de Saint-Georges. Elle reconnaît madame Leclerc, la professeure de français, qui se tient en retrait, les bras croisés, le visage fermé. Leurs regards se croisent. Madame Leclerc détourne les yeux, mal à l'aise.

Adélaïde sent une pointe de satisfaction. Même ceux qui étaient contre commencent à douter. Même ceux qui pensaient que c'était une cause perdue commencent à voir la force de ce mouvement.

Vers midi, la porte de la mairie s'ouvre. Un silence se fait progressivement, comme une vague qui se retire. Les cris s'éteignent, les tambours se taisent. Tous les regards se tournent vers les marches.

Le maire apparaît. Un homme d'une cinquantaine d'années, cheveux gris, costume impeccable, cravate nouée avec soin. Il descend les marches, s'arrête à mi-chemin. Il observe la foule, les yeux plissés, le visage impassible. Son regard glissa une seconde vers ses adjoints, comme pour s'assurer qu'il disait bien ce qu'il fallait dire.

Puis il lève une main, demande le silence. Le silence est déjà là, lourd, pesant. On pourrait entendre une mouche voler.

Le maire inspire, commence à parler. Sa voix est forte, claire, amplifiée par le silence ambiant.

— Je vous ai entendus.

Un tremblement passe dans sa voix, si bref qu'on aurait pu croire à un effet du micro, mais Adélaïde y entendit surtout de la contrainte.

Les mots résonnent sur la place, rebondissent contre les murs. Adélaïde sent son cœur battre plus vite. Elle serre sa pancarte contre sa poitrine, retient son souffle.

— La sauvegarde des arbres est très importante. Et le sycomore est un arbre ancien qui appartient à notre commune, comme vous tous et toutes.

Le maire marque une pause, laisse les mots s'installer. Certains manifestants hochent la tête, d'autres restent figés, méfiants. Au fond de la foule, une voix isolée lança un « On ferait mieux de s'occuper du prix de la cantine ! », aussitôt couverte par les cris, mais suffisamment distincte pour rappeler que tout le monde ne venait pas pour la même raison.

— Je déclare que l'abattage est en suspens pour reconstituer le dossier. Si vous voulez participer au projet, vous pouvez m'envoyer les documents à votre guise.

Un murmure parcourt la foule. Certains applaudissent, d'autres crient de joie. Des pancartes s'agitent dans l'air, des sifflets retentissent. C'est une victoire. Une petite victoire, mais une victoire quand même.

Adélaïde reste immobile, les yeux rivés sur le maire. Elle observe son visage, son sourire poli, son regard calculateur. Elle ne croit pas un mot de ce qu'il vient de dire. C'est un discours écrit pour avoir les faveurs du public. Un discours pour calmer les esprits, pour gagner du temps.

Elle serre les dents, refuse de se laisser bercer par l'enthousiasme ambiant. Elle sait que la bataille n'est pas gagnée. Que ce n'est qu'un répit, une pause dans un combat qui va durer.

Le maire remonte les marches. Au moment de franchir la porte, il jeta un regard en coin à la foule, un regard où se mêlaient lassitude… et un calcul mûrement réfléchi.. La porte se referme derrière lui avec un claquement sec. La foule explose. Les cris reprennent, plus forts, plus joyeux. Les gens s'embrassent, se serrent dans les bras, dansent. C'est une fête, une célébration.

Mais Adélaïde ne célèbre pas. Elle reste là, debout, la

pancarte à la main, le regard fixé sur la porte fermée de la mairie.

Anna s'approche d'elle, le visage rayonnant.

— On a gagné, Adélaïde ! On a gagné !

Adélaïde se tourne vers elle, secoue la tête.

— Nous n'avons pas encore gagné.

Anna fronce les sourcils, déstabilisée.

Anna baisse les yeux, son sourire s'éteint peu à peu. Elle comprend.

La manifestation se disperse. Les gens s'éloignent, retournent à leurs vies, à leurs occupations. Certains continuent de chanter, d'autres discutent avec animation. Mais la place se vide, peu à peu.

Pik s'approche d'Adélaïde et d'Anna. Elle pose une main sur l'épaule de chacune.

— Je vous invite au Rohan pour discuter de la suite.

— Ce n'est qu'un sursis.

Pik approuve.

— Justement. Il faut se préparer.

Elles quittent la place ensemble, marchent côte à côte vers le Rohan. Derrière elles, la mairie se dresse, imposante, silencieuse. Les fenêtres reflètent le soleil de midi, aveugles et froides.

Adélaïde jette un dernier regard en arrière. Elle pense au maire, à son discours, à ses promesses vides. Elle pense au sycomore, à ses branches immenses, à la Dryade qui veille sur lui.

Elle pense à la bataille qui continue. À la lutte qui ne fait que commencer.

Et elle se promet de ne pas abandonner. Pas maintenant. Pas jamais.

La Dryade du Sycomore leur a donné de la force. À elles de la saisir. À elles de se battre jusqu'au bout.

Chapitre 19

La voiture s'arrête. Alban ne bouge pas tout de suite. Il regarde le lycée de Castelcerf, les murs propres, tout ce neuf qui fait mal aux yeux. Rien à voir avec Saint-Louis, ses couloirs étroits, ses murs mangés par le temps, le sycomore qui étendait son ombre sur la cour.

Devant l'entrée, c'est le désordre. Des élèves des deux lycées s'entassent, les surveillants se contredisent, personne ne sait vraiment où aller. Castelcerf n'était pas préparé à ça.

Alban pose les mains sur ses genoux, les serre. Son estomac se noue. Il a l'impression de trahir quelque chose, sans pouvoir dire quoi exactement. Puis l'image surgit, brève et nette : les murs nus de la cellule, la porte métallique qui claque.

Il descend de la voiture.

— Alban, tu vas être en retard, dit sa mère en se retournant vers lui.

Elle sourit, un sourire encourageant, maternel. Mais Alban ne le lui rend pas. Il hoche la tête, ouvre la portière, sort de la voiture. Ses jambes tremblent. Il porte un jean, un t-shirt gris, des baskets. Des vêtements neutres, invisibles. Rien qui attire l'attention.

Son père baisse la vitre côté conducteur.

— Bonne chance, mon fils. Tu vas réussir.

Il fait un geste de la main, un au revoir maladroit. La voiture démarre, s'éloigne, disparaît au bout de la rue.

Alban reste seul sur le trottoir. Il observe le lycée, les élèves qui entrent par petits groupes, les surveillants qui se tiennent près de l'entrée.

Il serre les poings, inspire. Il se sent coupable, misérable. Il a l'impression d'avoir abandonné le mouvement, d'avoir choisi la facilité, la sécurité. Il a l'impression d'être un lâche.

— Alban !

Il sursaute, se retourne. Louise court vers lui, les cheveux au vent, le visage rayonnant. Elle porte un jean et un t-shirt blanc sur lequel elle a écrit au marqueur noir : *La Dryade veille*. Elle tient un sac à dos d'une main, agite l'autre pour attirer son attention.

Elle arrive à sa hauteur, essoufflée, et sans prévenir, se jette dans ses bras. Alban vacille, surpris, puis referme ses bras autour d'elle. L'étreinte est brève.

Louise recule, le regarde dans les yeux, sourit.

— Louise, tu es là ?

— Pour te soutenir.

Alban fronce les sourcils, déstabilisé.

— Pourquoi tu es ici ? Tu ne manifestes pas pour sauver le sycomore ?

Louise secoue la tête, pose une main sur son épaule.

— Alban, c'est toi qui as donné l'étincelle à tout le monde. Donc en te soutenant, je soutiens le sycomore.

Alban sent les larmes monter. Il cligne des yeux, tente de les retenir. Louise lui presse l'épaule, un geste simple mais puissant.

— Viens, on se présente aux épreuves avant d'être en retard.

Ils marchent côte à côte vers l'entrée du lycée. Alban sent le poids de la culpabilité se relâcher. Il n'est pas seul. Louise est là. Louise comprend.

Ils franchissent les portes vitrées, entrent dans le hall. L'espace est immense, lumineux. Le sol carrelé brille sous les néons. Des panneaux directionnels indiquent les salles d'examen. Des surveillants en gilets orange se tiennent près des escaliers, vérifient les convocations.

Alban et Louise suivent les panneaux, montent au premier étage. Les couloirs sont larges, les murs peints en blanc immaculé. Des casiers métalliques s'alignent le long des murs. Tout est propre, ordonné, presque aseptisé.

Il se sent déplacé, comme s'il n'était pas à sa place.

Ils arrivent devant la salle 104. Une surveillante se tient près de la porte, une liste à la main. Elle est grande, mince, cheveux bruns attachés en chignon strict. Alban remarqua qu'elle portait un badge *Stagiaire, Renfort BAC.* Elle devait être prof remplaçante, envoyée en urgence pour gérer les effectifs doublés. Elle porte un tailleur gris, des lunettes rectangulaires.

— Noms ?

— Alban Mercier.

— Louise Fontaine.

La surveillante coche leurs noms sur sa liste, leur fait signe d'entrer. Ils pénètrent dans la salle. C'est une salle de classe ordinaire, avec des tables individuelles alignées en rangées. Des fenêtres donnent sur la cour, laissent entrer la lumière du matin.

Alban compte rapidement. Une dizaine d'élèves, peut-être moins. Le quart de la classe. Les autres doivent être à la manifestation, à Saint-Georges, à se battre pour le sycomore.

Il sent la culpabilité revenir, plus forte, plus écrasante. Il serre les dents, cherche sa place. Son nom est inscrit sur un petit carton posé sur une table près de la fenêtre. Louise est juste derrière lui.

Ils s'installent en silence. Alban pose son sac sous la table, sort une trousse, des stylos. Ses mains sont moites. Il les pose sur la table, tente de les calmer.

Louise se penche vers lui, murmure.

— Ça va aller.

D'autres élèves entrent, s'installent. Certains se connaissent, échangent des regards, des hochements de tête. D'autres restent seuls, silencieux, concentrés. L'atmosphère est tendue, studieuse.

La surveillante entre, referme la porte derrière elle. Elle se place devant le tableau, observe la salle.

— Bonjour à tous. Vous allez passer l'épreuve de philosophie. Durée : quatre heures. Vous avez droit à vos stylos, vos règles, vos calculatrices non programmables. Aucun document n'est autorisé. Les téléphones portables doivent être éteints et rangés dans vos sacs.

Elle marque une pause, laisse les mots s'installer.

— Vous ne devez pas communiquer entre vous. Toute tentative de fraude entraînera votre exclusion immédiate de l'examen. Des questions ?

Personne ne répond.

— Bien. Je vais distribuer les sujets. Ne les ouvrez pas avant que je vous le dise.

Elle prend une pile de feuilles sur le bureau, commence à les distribuer. Elle marche entre les rangées, pose un sujet devant chaque élève. Le bruit du papier qui glisse sur les tables résonne dans le silence.

Alban fixe le sujet devant lui. Une enveloppe kraft, scellée, avec son nom écrit dessus. Il pose ses mains de chaque côté, les doigts écartés. Il sent son cœur battre plus vite, ses paumes devenir moites.

Il pense à Adélaïde, à sa détermination, à son courage. Il pense à Anna, à sa capacité à diriger, à rassembler. Il pense à Pik, à son soutien indéfectible. Il pense à tous ceux qui se battent en ce moment même.

Et il est là, assis dans une salle d'examen, à des kilomètres de tout ça.

La surveillante termine la distribution, retourne devant le tableau.

— Vous pouvez ouvrir vos sujets. Vous avez quatre heures. Bon courage.

Un bruissement de papier emplit la salle. Alban ouvre son enveloppe, sort les feuilles. Il lit le sujet, les yeux parcourant les lignes Les mots se mélangent, se brouillent.

Il inspire, tente de se concentrer. Il relit le sujet, plus lentement cette fois. Une dissertation. Quatre heures pour développer une idée, la défendre, la nuancer. Il lit l'intitulé une deuxième fois, puis une troisième.

Il prend un stylo, commence à écrire. Les mots viennent lentement, difficilement. Il force, s'applique, tente de se concentrer. Mais son esprit dérive sans cesse, revient au sycomore, à la manifestation, à la Dryade.

Le temps passe. Lentement. Douloureusement. Alban écrit, rature, réécrit. Il jette des coups d'œil par la fenêtre, observe le ciel bleu, les nuages qui dérivent. Il pense à Saint-Georges, à la place de la mairie, à tous ceux qui sont là-bas.

Il pense à la Dryade, à cette présence mystérieuse, presque divine, qui veille sur le sycomore. Il pense à cette force qu'elle donne, à cette énergie qu'elle transmet.

Il se demande si elle pense à lui. Si elle sait qu'il est là, loin d'elle, à passer un examen pendant que d'autres se battent pour elle.

Soudain, le téléphone de la surveillante vibre. Elle sursaute, sort l'appareil de sa poche, regarde l'écran. Depuis le début de l'épreuve, elle paraissait dépassée : elle consultait sa montre trop souvent, surveillait la porte d'un œil inquiet, comme si on l'appelait toutes les dix minutes. Son visage se crispe. Elle se lève, se dirige vers la porte.

— Je reviens dans quelques instants. Continuez de travailler en silence.

Elle sort, referme la porte derrière elle. Le lycée bourdonnait de demandes logistiques et, avec le regroupement des deux établissements, elle semblait être l'un des rares adultes disponibles. Elle n'eut pas d'autre choix que de répondre au téléphone. Le silence retombe.

Alban lève les yeux, observe les autres élèves. Certains continuent d'écrire, concentrés. D'autres lèvent la tête, échangent des regards interrogateurs.

Louise se lève. Louise jeta un coup d'œil à l'horloge digitale au-dessus du tableau : la surveillante n'était sortie que depuis trente secondes. Pas une de plus. Le bruit de sa chaise qui racle le sol résonne dans le silence. Tous les regards se tournent vers elle.

Elle marche vers le tableau, sort quelque chose de son sac. Une feuille de papier, découpée en forme de feuille de sycomore. Elle la scotche au centre du tableau, bien en évidence. Un silence total régnait dans la salle : même les chaises ne raclaient pas. Les élèves se déplaçaient à pas feutrés, pratiquement en apnée.

Puis elle se tourne vers les autres élèves, les yeux brillants derrière ses lunettes.

— Ce n'est pas parce que nous passons notre bac qu'on ne peut pas soutenir le sycomore. Venez, on accroche des post-it avec des messages de soutien pour la Dryade du Sycomore. Mais dépêchez-vous.

Un silence. Puis un garçon se lève, s'approche du bureau de la surveillante, prend un bloc de post-it. Il écrit quelque chose rapidement, se dirige vers le tableau, colle le post-it près de la feuille de sycomore.

Une fille se lève à son tour, puis une autre. En quelques secondes, tous les élèves sont debout, écrivent sur des post-it, se dirigent vers le tableau.

Alban reste assis, figé, les yeux écarquillés. Il observe la scène, incrédule. Louise lui fait signe, sourit.

— Alban, viens !

Il se lève, les jambes tremblantes. Il prend un post-it, un stylo. Il hésite, puis écrit : *La Dryade nous protège. Protégeons-la.*

Il se dirige vers le tableau, colle son post-it à côté des autres. Il recule, observe. Le tableau est couvert de messages, de couleurs, de mots d'espoir et de soutien.

Sauvons le Sycomore

La Dryade veille sur nous

Un arbre centenaire ne peut pas mourir

Nous sommes avec vous

Le Sycomore est sacré

Les larmes montent en Alban. Cette fois, il ne les retient pas.

Elles glissent sur ses joues en silence, libératrices.

Louise sort son téléphone, prend une photo du tableau. Elle coupa le son, désactiva le flash : seule la petite lueur bleutée de l'écran illumina un instant ses doigts.

— Vite, retournez à vos places !

Les élèves se précipitent, retournent à leurs tables, se rassoient. En quelques secondes, tout le monde est à sa place, stylo en main, penché sur sa copie. Le silence retombe, studieux, appliqué.

Elle referma la porte d'un geste nerveux, encore accrochée à sa conversation précédente, visiblement perdue dans la liste interminable de consignes à relayer.

Elle se dirige vers son bureau, puis s'arrête net. Elle fixe le tableau, les yeux écarquillés.

— C'est quoi ce bordel !

Sa voix claque dans le silence. Puis elle réalise qu'elle vient de crier. Elle plaque une main sur sa bouche.

Alban sursaute, le cœur battant à toute allure. Pendant une fraction de seconde, il revoit les policiers hurler dans le CDI, les ordres aboyés, les mains qui le saisissent. La salle d'examen disparaît presque, remplacée par le souvenir du fourgon.

Les élèves lèvent la tête, la regardent. Certains affichent des sourires innocents, d'autres restent impassibles.

La surveillante inspire, tente de se calmer. Elle observe le tableau, les post-it colorés, la feuille de sycomore au centre. Elle lit quelques messages, les lèvres pincées.

Puis elle se tourne vers les élèves.

— Qui a fait ça ?

Personne ne répond. Le silence est assourdissant.

La surveillante serre les dents, contrariée. Avec deux établissements à gérer et une dizaine de signalements simultanés dans d'autres salles, elle savait qu'elle n'avait matériellement pas le temps d'écrire un rapport disciplinaire complet

Elle s'approche du tableau, commence à enlever les post-it, un par un.

Alban la regarde faire, le cœur serré. Chaque post-it qui tombe est comme une petite défaite. Mais en même temps, il sait que ça n'a pas d'importance. Le geste a été fait. La photo a été prise. Le message a été envoyé.

La surveillante termine, froisse les post-it dans sa main, les jette à la poubelle. Elle décroche la feuille de sycomore, la froisse également, la jette. Puis elle retourne à son bureau, se rassoit, les mâchoires serrées.

Le temps passe. Les élèves continuent d'écrire, de travailler. L'atmosphère est différente maintenant. Plus légère, presque joyeuse. Comme si quelque chose s'était libéré.

Alban écrit avec plus de facilité. Les mots viennent plus naturellement. Il ne se sent plus coupable, plus déchiré. Il a trouvé un équilibre, une façon de concilier les deux.

Il peut passer son bac et soutenir le sycomore. Les deux ne sont pas incompatibles. Les deux sont possibles.

Les quatre heures passent. La surveillante se lève, annonce la fin de l'épreuve.

— Posez vos stylos. L'épreuve est terminée.

Les élèves s'arrêtent d'écrire, posent leurs stylos. Certains soupirent de soulagement, d'autres se massent les doigts engourdis.

— Vous pouvez sortir. Vous avez une pause de trente minutes avant la prochaine épreuve.

Les élèves se lèvent, ramassent leurs affaires. Mais avant qu'ils ne sortent, la surveillante les interpelle.

— Qui a fait ça ?

Un garçon, grand, brun, sourire en coin, se retourne.

— L'esprit du Sycomore.

Des rires étouffés parcourent la salle. La surveillante serre les dents, visiblement agacée.

Louise s'avance, le menton levé, le regard déterminé.

— On n'a rien fait de mal. Par contre, vous, vous vous êtes absentée. Et on a quinze témoins pour le prouver.

Le silence qui suit est glacial. La surveillante fixe Louise, les yeux plissés. Puis elle soupire, lève les mains en signe de reddition.

— OK, OK. Vous avez gagné. Vous pouvez circuler.

Les élèves sortent un par un, certains en riant,

d'autres en échangeant des regards complices. Alban et Louise sortent ensemble, marchent dans le couloir.

Alban se tourne vers Louise, les yeux brillants.

— Merci, Louise.

Louise sourit, lui donne un coup de coude amical.

— Ça t'a fait plaisir ? On passe le bac, mais on peut soutenir le sycomore. Tu te sens mieux maintenant ?

— Merci. C'est très généreux de ta part.

Ils descendent l'escalier, sortent dans la cour. Le soleil brille, la chaleur s'installe. D'autres élèves sont déjà là, assis sur des bancs, allongés sur l'herbe. Certains révisent, d'autres discutent, rient.

Alban et Louise s'installent sous un arbre, à l'ombre. Alban sort son téléphone, vérifie ses messages. Rien d'Adélaïde. Elle doit être à la manifestation, trop occupée pour répondre.

Il range son téléphone, ferme les yeux, s'appuie contre le tronc de l'arbre.

Il se sent mieux. Pas totalement apaisé, les images du commissariat rôdent encore au bord de sa mémoire, mais suffisamment pour respirer. Il a trouvé sa façon de se battre, sa façon de soutenir le mouvement.

Il peut passer son bac et protéger le sycomore. Les deux ne sont pas contradictoires. Les deux sont complémentaires.

Louise sort son téléphone, ouvre Instagram, poste la photo du tableau. Elle ajoute une légende : *Même en passant le bac, on soutient le Sycomore. La Dryade veille sur nous.*

Elle montre l'écran à Alban.

— C'est parfait.

Louise range son téléphone, s'allonge sur l'herbe, les mains derrière la tête.

— Tu sais, Alban, je pense que c'est ça, la vraie rébellion. Pas besoin de tout casser, de tout détruire. Parfois, un petit geste suffit. Un geste doux, émotionnel, qui touche les cœurs.

Alban la regarde, surpris par la profondeur de ces mots.

— Tu as raison.

Ils restent là, en silence, savourant la pause, la fraîcheur de l'ombre.

Le téléphone d'Alban vibre.

Il hésite avant de regarder l'écran.

Adélaïde.

L'abattage est suspendu.

Chapitre 20

Vendredi. La dernière épreuve du bac s'est terminée à seize heures. Alban a pris le bus à Castelcerf, traversé la ville sous la chaleur écrasante, et rejoint Saint-Georges.

Il est presque dix-sept heures quand il pousse la porte du Rohan. L'air climatisé le frappe de plein fouet. Il cherche Adélaïde du regard, la repère près de la baie vitrée, installée à leur table habituelle. Elle lève la main, lui fait signe. Il traverse la salle, se glisse sur la banquette en face d'elle.

— Tu penses que ça ira pour le bac, même si t'as raté plusieurs épreuves ?

Adélaïde hausse les épaules, un sourire en coin aux lèvres. Elle vient de terminer sa dernière épreuve, tout comme lui. Elle joue avec la paille de son thé glacé, la fait tourner entre ses doigts.

— T'inquiète pas pour ça. Je sais rebondir. J'irai au rattrapage si besoin.

Elle joue avec sa paille un peu trop longtemps avant d'ajouter, plus bas.

— Ça me fait flipper, hein. Mais je regrette pas.

Alban baisse les yeux, tripote le bord de la nappe. Les mots d'Adélaïde résonnent en lui, lourds de sens. Il voudrait s'impliquer davantage, être à la hauteur de son engagement. Mais la peur le paralyse.

— J'aimerais m'impliquer plus dans le mouvement.

Adélaïde se penche en avant, pose sa main sur la sienne. Ses doigts sont frais, rassurants.

— Ne stresse pas pour ça. Tu es le moteur du mouvement, même si on ne te voit presque jamais. Et finalement, c'est une bonne stratégie : ça te donne une aura mythique.

Alban esquisse un sourire faible. L'aura mythique. Si seulement elle savait à quel point il se sent petit, insignifiant.

— Merci. J'essaie de me faire petit pour éviter de m'embrouiller avec mon père.

— Et tu as parfaitement raison.

Alban inspire, sent le poids de la semaine s'alléger. Les épreuves du bac sont terminées. Il a survécu. Mais maintenant, une nouvelle bataille commence.

— J'ai dû batailler pour venir ici. Maintenant que les épreuves sont finies, il devrait me lâcher un peu. Quand j'aurai les résultats du bac, il m'a promis de me laisser plus de liberté.

Elle connaît le père d'Alban, ses exigences, ses attentes. Elle sait combien c'est difficile pour Alban de naviguer entre ses désirs et les attentes paternelles.

Anna apparaît à leur table, un plateau à la main. Elle récupère leurs verres vides, les empile avec efficacité. Ses petites lunettes rondes glissent sur son nez, elle les repousse d'un geste machinal.

— Adélaïde et Alban, il faut faire un dossier béton pour sauver le sycomore. Il faut récupérer des témoignages pour montrer que le sycomore est une figure importante de la ville. Et pourquoi pas une interview de la Dryade du Sycomore ? Ça pourrait être sympa. Les gens veulent en savoir plus.

Adélaïde se redresse, les yeux brillants.

— Bonne idée ! Qu'est-ce que tu en penses, Alban ?

Alban sent son estomac se nouer. Une interview. Avec des journalistes. Des caméras. Des questions. Son père qui pourrait le reconnaître, même sous le maquillage et la perruque. La panique monte, froide, paralysante.

— Je ne sais pas. J'ai peur.

Adélaïde se penche vers lui, son regard ancré dans le sien.

— Tu vas changer d'avis quand tu porteras les vêtements de la Dryade. Quand on a occupé le lycée la semaine dernière, tu n'avais peur de rien.

Alban secoue la tête, les mains crispées sur ses genoux sous la table. C'était différent. Dans le lycée, c'était contrôlé, limité. Une interview, c'est public, permanent.

— Ouais, je ne sais pas l'expliquer. Mais on pourrait faire l'interview après les résultats du bac. Mon père… il va me reconnaître.

Anna pose le plateau sur la table voisine, se tourne vers eux. Son visage s'adoucit, compréhensif.

— Alban, ce n'est pas pressé, et ce n'est pas dramatique. On s'appelle tout à l'heure pour construire un plan.

Alban sent le soulagement l'envahir. Anna ne le juge pas. Elle ne le force pas. Elle lui laisse le temps.

— Merci, Anna.

Anna lui adresse un sourire chaleureux, récupère son plateau, s'éloigne vers la cuisine. Le bruit de la vaisselle qui s'entrechoque résonne dans le restaurant.

Adélaïde se tourne vers Alban, les yeux doux, patients.

— Tu peux prendre ton temps. Si tu ne veux pas d'interview, on peut faire le tour des maisons, toi en Dryade du Sycomore.

Alban relève la tête, surpris. L'idée lui plaît immédiatement. Pas de caméras, pas de journalistes. Juste lui face aux habitants.

— Ça, c'est une bonne idée. Comme ça, les habitants seront au contact direct avec le sycomore.

Adélaïde sourit, visiblement satisfaite.

— Et c'est mieux, je trouve. Ça garde un vrai côté humain.

Alban hoche la tête, sent l'enthousiasme monter. Mais immédiatement, la réalité le rattrape. Son père. Les mensonges. Les alibis.

— Par contre, il faut un alibi béton pour que je n'éveille pas les soupçons de mon père.

Adélaïde pose sa main sur la sienne, la serre doucement.

— T'inquiète pas pour ça.

Alban la regarde, sent une bouffée de tendresse l'envahir. Elle est toujours là, toujours prête à le soutenir, à trouver des solutions.

— Tu es trop géniale.

Adélaïde rit, un rire léger, cristallin. Elle retire sa main, prend une gorgée de son thé glacé.

Alban inspire, hésite un instant. Une petite ombre passe dans son regard.

— Adé… faut que je te dise un truc. Pas parce que j'ai quelque chose à me reprocher, mais parce que ça me trotte dans la tête.

Adélaïde relève les yeux, attentive, déjà prête à l'écouter.

— Hmm ?

Alban baisse un instant le regard, cherche ses mots.

— L'autre soir… dans la box du CDI… avec Louise… ça m'a marqué. Pas elle, vraiment pas. Mais…

ce que j'ai ressenti. Le fait d'être regardé. Désiré. Je sais pas si c'est normal de repenser à ça.

Un bref silence. Pas lourd : juste le temps pour Adélaïde de lui offrir un espace.

Elle pose sa paille, doucement.

— Alban… évidemment que c'est normal.

Sa voix est calme, sans reproche.

— La première fois qu'un geste te bouleverse, ton cerveau le rejoue. C'est pas une preuve d'amour, ni de trahison. C'est juste… toi qui te découvres.

Alban relève les yeux, surpris par la simplicité avec laquelle elle dit ça.

— Mais j'ai pas envie de… comparer, tu vois? Avec toi.

Elle sourit, un sourire minuscule mais vrai.

— Alors ne compare pas. Ce n'est pas la même chose. Louise t'a montré une sensation. Moi, je t'aime. Tu peux apprendre des trucs avec les autres sans que ça enlève quoi que ce soit entre nous.

Elle baisse les yeux une seconde, comme si ça lui piquait un peu quand même, puis relève le regard, décidée à ne pas le punir pour ça.

— Et ça fait partie de grandir, Alban. D'essayer, de se tromper, de réussir, de ressentir trop fort. T'es pas un robot.

Il rit, soulagé.

— Tu dis toujours exactement ce qu'il faut…

— Parce que je t'écoute, répond-elle.

Alban l'observe, remarque les cernes sous ses yeux, la fatigue qui marque ses traits. Elle aussi a passé une semaine difficile. Elle aussi se bat.

Ils restent silencieux un moment, savourent la fraîcheur du restaurant, la vue sur le lac Miroir des étoiles. L'eau scintille sous le soleil, aveuglante. Des oiseaux planent au-dessus, leurs cris portés par la brise.

— Tu crois qu'on va réussir ? demande-t-il soudain.

Adélaïde le regarde, les yeux brillants.

— Je ne sais pas. Mais on va essayer. Et c'est déjà beaucoup.

Alban hoche la tête, inspire. Oui, ils vont essayer.

Anna revient avec de nouvelles boissons, un citron pressé pour Alban, un autre thé glacé pour Adélaïde. Elle les pose sur la table, leur adresse un sourire complice.

— Vous savez, dit-elle en s'attardant un instant, le sycomore a toujours été là. Pour mes mères, pour moi, pour des générations d'élèves. Il mérite qu'on se batte pour lui.

Alban sent quelque chose se réchauffer dans sa poitrine. Anna a raison. Le sycomore mérite qu'on se batte pour lui. Et lui, Alban, peut faire partie de cette bataille. À sa manière. Avec ses peurs, ses doutes, mais aussi avec son courage.

Anna s'éloigne de nouveau. Alban prend une gorgée de son citron pressé, savoure l'acidité rafraîchissante. Adélaïde l'observe, un sourire aux lèvres.

— Tu sais ce que j'aime chez toi ? dit-elle doucement.

Alban lève les yeux, surpris.

— Quoi ?

— Tu es authentique. Tu ne fais pas semblant. Tu as peur, tu le dis. Tu doutes, tu l'assumes. C'est rare, ça.

— Merci, Adé.

Ils terminent leurs boissons en silence, un silence complice, chargé de compréhension mutuelle. Puis, finalement, ils se lèvent, ramassent leurs affaires.

Alban jette un dernier regard au lac par la fenêtre. Le soleil commence à descendre, teinte le ciel de rose et d'orange. Une nouvelle journée se termine. Une nouvelle bataille commence.

Juste avant de se lever, Adélaïde pousse son genou contre le sien.

— Et si un jour tu veux reparler de tout ça… ou revivre des choses pour comprendre qui tu es… je serai là.

Elle sourit, malicieuse.

— Simplement, sois honnête avec moi. Comme aujourd'hui.

— Promis.

Ils quittent le Rohan, marchent côte à côte vers l'arrêt de bus. Leurs mains se frôlent parfois, leurs regards se croisent. Ils ne parlent pas, mais ils n'en ont pas besoin. Tout est dit dans ces silences, dans ces gestes simples.

Le bus arrive. Ils montent, s'installent côte à côte près de la fenêtre. Adélaïde pose sa tête sur l'épaule d'Alban, ferme les yeux. Alban regarde la ville défiler, les rues familières, les visages anonymes.

Il savoure ce moment. Cette complicité. Cette paix fragile.

Le bus continue sa route, les ramenant chez eux, vers ce cocon familier où ils peuvent être eux-mêmes.

Et dans un coin de son esprit, Alban se promet de ne pas abandonner. Pas cette fois.

Chapitre 21

Dimanche 16 juin. Deux jours après la fin des épreuves.

Le soleil tape fort sur le bitume des rues résidentielles, où les maisons individuelles s'alignent derrière leurs petits jardins. Très peu de monde marche dans ces rues. Quelques voitures passent de temps en temps, soulevant des vagues de chaleur. Les volets sont mi-clos, les habitants se protègent de la fournaise.

Alban marche aux côtés d'Adélaïde, les pieds déjà lourds. Il porte son costume de Dryade du Sycomore : une tunique verte ornée de feuilles cousues à la main, des branches entrelacées autour de ses bras, des motifs d'écorce peints sur sa peau. Le tissu colle à sa peau moite. Chaque pas lui rappelle le poids de ce déguisement, mais aussi la fierté étrange qu'il ressent à l'incarner.

Adélaïde, arbore une nouvelle couronne tressée avec les feuilles du sycomore. Les feuilles sont encore fraîches, d'un vert profond, presque brillant sous le soleil. Elle les a cueillies ce matin. La couronne repose sur ses cheveux blonds.

Ils s'arrêtent devant une maison individuelle. La façade est blanche, les volets bleus, un petit jardin fleuri devant. Adélaïde vérifie l'adresse sur son téléphone, hoche la tête, puis frappe à la porte.

Quelques secondes s'écoulent. Alban sent son cœur battre un peu plus vite. Il ne sait jamais comment les gens vont réagir en le voyant ainsi déguisé. Certains rient, d'autres sont touchés, d'autres encore le regardent avec méfiance.

La porte s'ouvre. Une jeune femme apparaît. La trentaine, cheveux châtains attachés en queue de cheval, un t-shirt ample et un jean. Elle fronce les sourcils, surprise, puis son regard se pose sur Adélaïde. Ses yeux s'écarquillent.

— Madame Le Berre, je ne savais pas que vous habitiez ici ?

La femme sourit, un sourire chaleureux qui illumine son visage.

— Adélaïde ! Appelle-moi Marie. Qu'est-ce qui t'amène ici avec la Dryade du Sycomore ?

Alban sent quelque chose se réchauffer en lui quand Marie prononce ces mots. La Dryade du Sycomore. Elle le dit avec respect, presque avec révérence. Elle connaît donc le sycomore. Elle comprend.

Adélaïde se redresse, comme si elle puisait du courage dans cette reconnaissance.

— On veut récupérer des témoignages pour sauver le sycomore.

Marie les observe un instant.

— Entrez.

Elle recule, leur fait signe de passer. Alban et Adélaïde échangent un regard, puis entrent. L'intérieur de la maison est frais, agréable. Un salon simple, un canapé beige, une table basse couverte de livres et de magazines. Plusieurs chats sont éparpillés dans la pièce. Un roux dort sur le canapé, un noir se frotte contre les jambes de Marie, un troisième observe les visiteurs depuis le haut d'une étagère.

Marie referme la porte, se dirige vers la cuisine ouverte.

— Je ne sais pas qui a eu l'idée de la Dryade du Sycomore, mais c'est une très bonne idée. Cela rend le sycomore vivant et mythique.

Alban sent une bouffée de fierté l'envahir. C'était son idée. Il avait proposé ça presque en plaisantant, et Adélaïde avait sauté dessus. Maintenant, il incarne cette figure, et les gens y croient.

Marie se tourne vers eux, les mains sur le comptoir de la cuisine.

— Vous voulez quelque chose à boire ? Je peux faire du thé ?

— Oui, merci.

Alban acquiesce également. Marie sort une bouilloire, la remplit d'eau, la met à chauffer. Elle sort des tasses, des sachets de thé, du sucre. Ses gestes sont précis, habités. Alban observe la scène, se sent étrangement apaisé.

— C'est moi qui ai eu l'idée.

Les mots sortent tout seuls. Marie se tourne vers lui, les yeux brillants de curiosité.

— Cette voix me dit quelque chose.

Alban hésite, puis retire son masque de feuilles pour qu'elle puisse mieux voir son visage.

— Je suis Alban. J'étais dans la même classe qu'Adélaïde en seconde.

Marie cligne des yeux, puis un sourire se dessine sur ses lèvres.

— Ah oui, je me souviens. Tu étais un bon élève. Et je t'ai défendu au conseil de classe pour éviter qu'on te colle une étiquette de timide ou de réservé. Ce n'est pas un défaut.

Alban sent une chaleur monter dans sa poitrine. Il se souvient vaguement de ce conseil de classe, mais il ne savait pas que Marie l'avait défendu. Il baisse les yeux, gêné.

— C'est gentil.

Marie verse l'eau chaude dans les tasses, laisse infuser le thé. Elle apporte les tasses sur la table basse, s'assoit sur le canapé. Le chat roux se réveille, s'étire, puis se rendort contre elle. Adélaïde et Alban s'installent sur les fauteuils en face.

— Tu as bien changé, dit Marie en observant Alban.

Alban prend sa tasse, la serre entre ses mains. Le thé est brûlant, presque trop. Il souffle dessus, tente de le refroidir.

— Ça, ce sont des vêtements pour me donner du courage. Sinon, je suis l'Alban timide et réservé.

Marie secoue la tête, un sourire amusé aux lèvres.

— Je répète ce que j'ai dit : Tu as changé. Tu crois qu'une personne timide et réservée pourrait donner naissance à une figure comme la Dryade du Sycomore ? On en parle partout. Peu importe qui la joue… l'idée touche les gens.

Alban commence à boire son thé. Il se brûle la langue, grimace. Mais il ne dit rien. Il laisse les mots de Marie résonner en lui. Tu as changé. Peut-être qu'elle a raison. Peut-être qu'il n'est plus le garçon effacé qu'il était en seconde.

— Tu as raison.

Adélaïde se penche en avant, les mains jointes autour de sa tasse.

— Madame… Je voulais dire Marie. On recueille des témoignages pour le dossier, explique Adélaïde. Ce que le sycomore représente pour toi, ce que tu as vécu avec lui… tout peut nous aider. Je voulais que tu me racontes ton expérience avec le sycomore.

Marie pose sa tasse, caresse distraitement le chat roux. Son regard se perd un instant, comme si elle replongeait dans des souvenirs lointains.

—Je suis arrivée la même année où Lucy* Le Tonnelier a disparu.

Adélaïde frissonne.

— C'est horrible, cette histoire. Chaque année au lycée, on lui rend hommage.

— Ce sycomore me fait rêver. Je sais qu'il est envahissant et qu'il ruine le lycée, mais j'ai envie de croire à sa magie. Certains disent que c'est un passage entre les mondes. Entre le Miroir des étoiles et le sycomore, le folklore est basé sur le voyage entre les mondes. Je suis restée une année au lycée à Saint-Georges.

Adélaïde fronce les sourcils.

— Tu es où maintenant?

— Au lycée de Castelcerf.

— Ah, nous avons passé le bac là-bas. C'est moderne, trop moderne à mon goût, dit Adélaïde.

Marie rit.

— Effectivement, il n'y a pas le même charme qu'à Saint-Georges. C'était le bordel pour les épreuves du bac. Et j'imagine même pas pour la rentrée.

Alban relève la tête, intrigué.

— Comment ça?

---

* Personnage principale du roman «La maison aux fleurs de lys»

Marie hésite, comme si elle regrettait déjà d'avoir abordé le sujet. Elle soupire, pose sa tasse.

— J'ai entendu que le lycée de Saint-Georges va fusionner avec celui de Castelcerf, pour donner une bonne image au maire.

Adélaïde bondit presque de son fauteuil, les yeux brillants d'excitation.

— Mais c'est trop bien ! On a trouvé un compromis qui arrange les deux cas. Nous sauvons le sycomore et le maire est gagnant. Je ne vois pas où est le problème.

Mais son sourire se fige dès que Marie ne répond pas immédiatement. Un silence lourd retombe, comme si quelque chose venait de basculer.

Marie lève une main, un geste apaisant.

— Je n'aurais pas dû vous donner une fausse joie. Le lycée n'est pas apte pour accueillir tous les lycéens.

Adélaïde se rassoit, le sourire effacé.

— Est-ce grave ? Il y a le sycomore en jeu.

Marie la regarde avec une tristesse dans les yeux.

— Je suis désolée de vous avoir dit cela. Je m'en excuse. Vous voulez sauver le sycomore, moi je vous parle des problèmes liés à ça.

Alban pose sa tasse, les mains crispées sur ses genoux.

Un poids glisse lentement dans son ventre. Il sent que quelque chose se fissure dans la certitude qu'il avait encore le matin même.

Marie détourne le regard, comme si ce qu'elle allait dire pesait sur sa conscience.

— Vous allez nous dire que couper le sycomore ou pas, cela va créer des problèmes ?

— Le monde n'est pas tout noir ou blanc. Si votre force réside à sauver le sycomore, et si cela est juste pour vous, alors faites-le. C'est un choix noble.

Adélaïde inspire, se redresse.

— Merci pour les informations importantes, Marie.

Marie se lève, les raccompagne vers la porte. Les chats les suivent du regard, indifférents. Alban remet son masque de feuilles, ajuste sa tunique. Adélaïde replace sa couronne.

Ils se disent au revoir sur le seuil. Marie leur adresse un dernier sourire, puis referme la porte. Alban et Adélaïde se retrouvent dans la rue, sous le soleil brûlant. Alban marche quelques pas en silence, le cœur serré. Les mots de Marie tournent en boucle dans son esprit, comme une fissure qui s'élargit un peu plus à chaque pas.

— Tu sais, parfois je me demande… est-ce qu'on fait ça pour nous, ou pour ceux qui viendront après? murmure-t-il. Et comme on ne sera plus au lycée l'an prochain… j'ai peur de décider à la place des autres. De ne pas être légitime.

Adélaïde se tourne vers lui, le regard intense.

— Je comprends ce que tu ressens. Mais ne lâche pas maintenant. L'avenir, on ne peut pas le prévoir… alors autant faire ce qu'on pense juste aujourd'hui.

— Merci de me soutenir.

Adélaïde lui prend la main, la serre fort. Ils continuent

leur ronde, marchent vers d'autres maisons, d'autres témoignages. Le soleil décline lentement, projetant des ombres longues sur les rues désertes. Mais ils avancent, ensemble, portés par cette conviction fragile que leur combat a un sens.

Chapitre 22

Trois semaines après la fin des épreuves.

Le salon baigne dans une lumière tamisée. La télévision projette des reflets bleutés sur les visages d'Alban et de ses parents, installés sur le canapé. Le repas du soir est posé sur la table basse devant eux : des assiettes à moitié vides, des verres de vin pour les parents, un verre d'eau pour Alban.

Depuis trois semaines, Alban attend. Les résultats du bac tombent demain. Entre-temps, le mouvement pour sauver le sycomore a continué, grandi, échappé à son contrôle.

Alban se tient en retrait, coincé entre l'accoudoir et sa mère. Il occupe le moins d'espace possible, les épaules rentrées, les jambes repliées. Il évite le regard de son père, répond par monosyllabes, disparaît dans sa chambre dès que possible. Il se comporte comme son père l'imagine : un fils modèle, concentré sur ses révisions, indifférent aux mouvements de rébellion.

Le mensonge pèse sur sa poitrine comme une pierre. Chaque fois qu'il croise le regard de son père, il sent la culpabilité monter. Mais il serre les dents, garde le silence, joue son rôle.

À la télévision, le journal de vingt heures défile. La présentatrice, une femme aux cheveux impeccablement coiffés, annonce les titres du jour. Alban picore dans son assiette, pousse un morceau de carotte avec sa fourchette. Il n'a pas faim. Son estomac est noué depuis ce matin.

Soudain, l'image change. Un reportage commence. On voit le lycée de Saint-Georges, filmé depuis la cour. Le sycomore occupe le centre de l'écran, majestueux. La voix off du journaliste résonne dans le salon.

— Le mouvement pour sauver le sycomore centenaire du lycée de Saint-Georges prend de l'ampleur. Depuis plusieurs semaines, élèves, anciens élèves et habitants se mobilisent pour empêcher l'abattage de cet arbre emblématique.

Alban se redresse, les yeux rivés sur l'écran. Son cœur bat plus vite. Il voit des images de la manifestation devant la mairie, des pancartes brandies, des visages déterminés. Il reconnaît certains élèves, certains visages. Il cherche Adélaïde du regard, mais ne la trouve pas.

Le père d'Alban grogne, pose sa fourchette.

— Encore cette histoire. Ils ne vont pas lâcher l'affaire.

Son père tourne la tête vers Alban, comme pour jauger sa réaction. Un bref instant, ses yeux se plissent, comme s'il cherchait quelque chose. Puis il détourne le regard, mais Alban sent l'interrogation suspendue, non dite.

La mère d'Alban ne dit rien, continue de manger en silence. Alban reste figé, incapable de détourner le regard.

Le reportage continue. On voit maintenant le maire de Saint-Georges, debout derrière un pupitre, entouré de conseillers municipaux. Il porte un costume sombre, une cravate rouge. Son visage est grave, mais ses yeux brillent d'une satisfaction à peine dissimulée. Il s'adresse aux journalistes, la voix ferme, assurée.

— Avec le rectorat, nous envisageons une mesure exceptionnelle qui consisterait à regrouper les deux lycées, le temps nécessaire aux travaux de sécurisation. Ce compromis permettra de sauver le sycomore.

Le silence qui suit est assourdissant. Alban sent son cœur s'arrêter. La fusion. Marie en avait parlé, mais il n'y avait pas cru. Et maintenant, c'est officiel. Le maire l'annonce à la télévision, devant tout le monde.

La mère d'Alban pose sa fourchette, se tourne vers l'écran.

— Tout finit bien au final. L'arbre sera sauvé.

Elle sourit, visiblement soulagée. Alban voudrait partager son soulagement, mais quelque chose le retient.

Une inquiétude sourde, un malaise qu'il ne sait pas nommer.

Le reportage continue. L'image change. On voit maintenant le lycée de Castelcerf, un bâtiment moderne, tout en verre et en béton. Des professeurs sont rassemblés devant l'entrée, les visages fermés, les bras croisés. Une femme d'une quarantaine d'années, cheveux courts, lunettes rectangulaires, s'avance vers la caméra. Elle porte un badge : *Professeure de mathématiques*.

— Comment le maire a eu l'accord du rectorat ? On ne peut pas accueillir les nouveaux élèves. Ça sera un enfer pour eux et pour nous.

D'autres professeurs hochent la tête, murmurent leur approbation. Un homme plus âgé, barbe grise, prend la parole à son tour.

— Nos classes sont déjà surchargées. On manque de salles, de matériel. Et maintenant, on doit accueillir des centaines d'élèves supplémentaires ? C'est irresponsable.

Alban sent son estomac se nouer. Il pose son assiette sur la table basse, incapable de continuer à manger. Il fixe l'écran, absorbe chaque mot, chaque image. Les professeurs sont en colère. Ils ne veulent pas de cette fusion. Et c'est à cause de lui. À cause du mouvement qu'il a lancé. Une part de lui sait pourtant que c'est faux. Ce n'est pas lui qui a décidé quoi que ce soit. Ce sont les adultes, le maire, le rectorat. Lui n'a fait qu'alerter, rien de plus. Mais la culpabilité, elle, ne connaît pas la logique.

Le père d'Alban secoue la tête, visiblement contrarié.

— Le maire joue avec le feu. Il veut redorer son image, mais il ne pense pas aux conséquences.

La mère d'Alban fronce les sourcils.

— Tu penses que c'est une mauvaise décision ?

Le père hausse les épaules.

— Je pense que c'est une décision politique. Il veut plaire aux électeurs, montrer qu'il écoute les citoyens. Mais dans les faits, ça va créer des problèmes énormes.

Alban reste silencieux. Il ne sait pas quoi penser de tout ça. Une partie de lui est soulagée : le sycomore sera sauvé. Mais une autre partie se sent coupable, responsable de ce chaos. Il pense aux mots d'Adélaïde, prononcés il y a quelques jours : Sois égoïste.

Elle avait raison. Il veut sauver le sycomore. C'est un acte noble, non ? Sauver un arbre centenaire, préserver un patrimoine, protéger un symbole. Ce n'est pas un crime. Ce n'est pas quelque chose dont il devrait avoir honte.

Mais alors, pourquoi se sent-il si mal ?

Le reportage continue. On voit maintenant le maire en gros plan, souriant, serrant des mains, posant pour des photos. Il rayonne, visiblement satisfait de sa décision. La voix off du journaliste reprend.

— Le maire de Saint-Georges se félicite de cette décision, qu'il qualifie de *compromis intelligent*. Cependant, la mobilisation ne s'arrête pas là. Une manifestation est prévue demain à Saint-Georges, organisée par les professeurs du lycée de Castelcerf pour exprimer leur mécontentement.

L'image change une dernière fois. On voit des affiches collées sur des murs, des messages sur les réseaux sociaux, des appels à la mobilisation. La date et l'heure de la manifestation s'affichent en gros caractères : Demain, 14 h, Place de la Mairie.

Le père d'Alban éteint la télévision d'un geste brusque. Le silence retombe dans le salon, lourd, pesant. Alban reste figé, les yeux rivés sur l'écran noir.

— Bon, dit la mère d'Alban en se levant. Je vais débarrasser.

Elle ramasse les assiettes, les empile, se dirige vers la cuisine. Le père d'Alban se lève à son tour, s'étire.

— Je vais dans mon bureau. J'ai du travail.

Il jette un regard à Alban, un regard indéchiffrable, puis s'éloigne. Alban reste seul dans le salon, les mains crispées sur ses genoux. Il entend sa mère faire la vaisselle, le bruit de l'eau qui coule, le cliquetis des assiettes. Il entend son père monter l'escalier, refermer la porte de son bureau.

Il se lève lentement, ramasse son verre d'eau, le porte à ses lèvres. L'eau est tiède, désagréable. Il la boit quand même, jusqu'à la dernière goutte. Puis il pose le verre sur la table basse, se dirige vers l'escalier.

Il monte les marches une à une, les jambes lourdes. Il arrive devant sa chambre, pousse la porte, entre. L'espace familier l'accueille : son lit défait, son bureau encombré de fiches de révision, ses dessins éparpillés sur le sol. Il referme la porte derrière lui, s'y adosse, ferme les yeux.

Il inspire, tente de calmer les battements de son cœur. Puis il sort son téléphone, compose le numéro d'Adélaïde. La sonnerie résonne une fois, deux fois, trois fois. Puis elle décroche.

— Allô ?

Sa voix est douce, familière, rassurante. Alban sent quelque chose se détendre en lui.

— Adé. Tu as vu les infos ?

— Oui. C'est incroyable, non ? Le sycomore est sauvé !

Alban s'assoit sur son lit, les épaules affaissées.

— Je veux juste sauver un arbre. J'ai l'impression que ça prend une ampleur pas possible.

Un silence. Puis la voix d'Adélaïde, douce :

— Tu as fait ta part, Alban. Le reste… ça dépasse tout le monde, pas seulement toi. Tu ne peux pas porter sur tes épaules des décisions qui ne t'appartiennent pas.

Pendant une seconde, il hésite. Son cœur bat trop vite.

— Je… je crois que j'ai fait quelque chose de bien, Adé, murmure-t-il.

La phrase lui échappe.

De l'autre côté du téléphone, Adélaïde sourit.

— Tu as fait quelque chose de très bien.

— Merci. C'est gentil. J'ai pensé aux mots que tu m'as dits : *Sois égoïste*. C'est ce que je fais, et ça m'aide beaucoup. Je viens de réaliser que sauver un arbre, ce n'est pas un acte criminel. Je ne dois pas m'en vouloir.

Il marque une pause, joue avec un fil qui dépasse de sa couette.

— Demain, c'est les résultats du bac. Tu penses qu'ils vont annoncer les résultats avec la manif?

Adélaïde rit.

— J'en ai aucune idée. De toute façon, on pourra toujours checker ça sur internet.

Un silence. Alban hésite.

— Tu… tu regrettes d'avoir raté une épreuve?

— Non. Je l'ai fait pour le sycomore.

Alban sourit malgré lui.

— Ouais. J'espère quand même qu'on l'aura, ce bac.

— On verra bien demain. Essaye de bien dormir, et on se voit demain, OK?

— D'accord. Bonne nuit.

— Bonne nuit, Alban.

Il raccroche, pose son téléphone sur la table de nuit. Il reste assis sur son lit un moment, fixe le mur devant lui. Les mots d'Adélaïde résonnent dans sa tête. Tu as fait ta part, Alban. Le reste ne dépend plus de toi.

Elle a raison. Il a fait ce qu'il pouvait. Il a lancé le mouvement, incarné la Dryade du Sycomore, mobilisé les gens. Le reste ne dépend plus de lui. Les décisions politiques, les manifestations, les conséquences : tout ça le dépasse.

Il se lève, se dirige vers son bureau, ouvre son carnet de dessin. Il sait qu'il exagère sans doute. Que son esprit, comme toujours, amplifie les choses jusqu'à les rendre écrasantes. Mais savoir n'efface pas la sensation : cette petite boule de peur qui refuse de se dissoudre. Il observe le dernier dessin qu'il a fait : le sycomore, ses branches immenses, ses feuilles détaillées. Il passe un doigt sur le papier, suit les contours de l'arbre.

Sauver un arbre, ce n'est pas un acte criminel.

Il répète ces mots dans sa tête, encore et encore, comme un mantra. Il veut y croire. Il veut se convaincre qu'il a fait le bon choix.

Il referme le carnet, se dirige vers son lit. Il retire son t-shirt, enfile un pyjama. Puis il se glisse sous les draps, éteint la lumière. L'obscurité l'enveloppe, douce, apaisante.

Il pense aux mots d'Adélaïde. Sois égoïste. Peut-être que tout ça n'était pas *sa faute*, finalement. Il avait déclenché quelque chose, oui… mais ce sont les adultes qui avaient choisi d'en faire une crise.

Il a le droit de vouloir sauver le sycomore. Il a le droit de se battre pour ce qui compte pour lui. Ce n'est pas égoïste. C'est juste humain.

Il sent le sommeil venir. Ses muscles se détendent, ses pensées deviennent floues, confuses. Il glisse dans un demi-sommeil, entre veille et rêve.

Dans ce demi-sommeil, le sycomore apparaît. Ses branches montent jusqu'aux nuages, ses racines descendent jusqu'à un endroit sans nom. Il respire. Il pulse. Il vit.

Chapitre 23

Le matin se lève sur Saint-Georges, chaud et lourd. Le ciel est d'un bleu pâle, presque blanc, annonçant une journée étouffante. Alban et Adélaïde marchent côte à côte vers le lycée, les mains qui se frôlent parfois, les regards qui se cherchent. Ils n'ont pas beaucoup dormi. L'excitation, l'appréhension, l'adrénaline les ont tenus éveillés une bonne partie de la nuit.

Alban porte un jean délavé, un t-shirt gris trop large, des baskets usées. Il a rangé la robe, la perruque, le maquillage. Il est redevenu invisible, transparent. Mais quelque chose a changé en lui. Une confiance nouvelle, fragile mais réelle.

Adélaïde marche d'un pas décidé, le menton relevé, les épaules droites. Elle porte un short en jean et un débardeur blanc. Ses cheveux blonds flottent dans la brise matinale. Elle semble prête à affronter le monde entier.

Ils approchent du lycée. Et s'arrêtent net.

Des dizaines de personnes sont massées devant les grilles. Des professeurs, des parents, des élèves. Des pancartes brandies, des voix qui s'élèvent, des visages fermés. Une manifestation. Mais pas celle qu'ils attendaient.

Alban sent son estomac se nouer. Il cherche le sycomore du regard, le voit se dresser au-delà des grilles, majestueux, indifférent. Mais l'accès est bloqué.

Adélaïde fronce les sourcils, observe la foule. Elle reconnaît certains visages. Des professeurs du lycée de Castelcerf, ceux qu'ils ont vus à la télévision. Ils portent des pancartes : NON À LA FUSION, PROTÉGEONS NOS ÉLÈVES, LE MAIRE DOIT DÉMISSIONNER.

Un homme d'une cinquantaine d'années, barbe grise, lunettes rectangulaires, se tient au premier rang. Il porte un badge : *Professeur de physique.* Il remarque Adélaïde, s'approche.

— C'était mieux ici. Il y a beaucoup plus d'impact.

— Et on n'avait pas envie d'attendre quatorze heures, ajoute-t-il avec un sourire amer. Là, on gêne tout de suite.

Sa voix est calme, posée, mais ferme. Adélaïde sent la colère monter.

— Vous bloquez l'accès au lycée. On doit voir nos résultats du bac.

Le professeur hausse les épaules, presque indifférent.

— Les résultats sont censés être publiés ce matin, comme chaque année. Vous pouvez essayer depuis chez vous, normalement ça devrait déjà être en ligne.

Ils s'éloignent du lycée, marchent le long de la rue, cherchent un endroit calme. Ils trouvent un banc sous un arbre, s'assoient. Adélaïde ouvre le navigateur de son téléphone, tape l'adresse du site des résultats du bac.

La page se charge. Puis s'arrête. Un message d'erreur s'affiche : Erreur 504. Service temporairement indisponible.

Adélaïde fronce les sourcils, actualise la page. Même message. Elle essaie encore. Encore. Rien.

— Essaye de ton côté. Moi, ça ne marche pas.

Alban sort son téléphone, va sur le site des résultats du bac. Même chose. La page se charge, puis plante. Erreur 504.

— Qu'est-ce que ça veut dire ? Ils n'ont pas rentré nos notes ?

Adélaïde secoue la tête, range son téléphone.

— Ils connaissent nos notes. Mais comme il y a la manif, tous les élèves se connectent en même temps. C'est pour ça que ça plante.

Alban sent la frustration monter, mêlée à une anxiété sourde.

— Il faut attendre, c'est ça ?

Adélaïde hoche la tête, le regard perdu vers le lycée.

— Oui. On reste devant le lycée pour être au courant de ce qui se passe.

— D'accord.

Ils se lèvent, retournent vers le lycée. La manifestation continue, les voix s'élèvent, les pancartes s'agitent. Alban et Adélaïde regardent depuis le côté. Les élèves arrivent par vagues. Certains s'énervent, gesticulent. D'autres repartent sans un mot.

Louise apparaît soudain, se faufile à travers la foule, les rejoint. Elle porte un jean et un t-shirt simple, les cheveux attachés en queue de cheval. Son visage rayonne d'un sourire qu'elle peine à contenir.

— J'ai entendu dire que le maire va parler.

Adélaïde se redresse, intéressée.

— Quand?

Louise hausse les épaules.

— Je ne sais pas. Mais on pourrait aller devant la mairie, pour être aux première loges.

Elle marque une pause, sort son téléphone de sa poche.

— Au fait, le site refonctionne. Je viens de vérifier mes résultats. J'ai eu mon bac.

Un sourire illumine son visage, presque gêné, comme si elle se sentait coupable de cette joie dans un moment pareil.

Alban sort son téléphone, les mains tremblantes. La page se charge, cette fois sans erreur. Il parcourt les lignes, cherche son nom. Le voit. Admis. Mention bien.

Un soulagement immense le traverse, mêlé à une étrange culpabilité. Il a réussi. Après tous ces mois de travail acharné, de nuits blanches, de révisions obsessionnelles. Il a réussi.

Adélaïde fait de même, consulte ses résultats. Admise. 10 de moyenne. Elle souffle, ferme les yeux un instant. Un poids s'envole de ses épaules.

— On l'a eu, murmure-t-elle.

— Oui. Maintenant, il faut sauver le sycomore.

Alban, Adélaïde et Louise échangent un regard, puis acquiescent. Ils se mettent en route, traversent la ville. C'est à une dizaine de minutes de marche depuis le lycée. Le soleil tape fort, la chaleur est étouffante. Alban sent la sueur perler sur son front, coller son t-shirt à sa peau. Mais quelque chose a changé. Ils ont leur bac. Une étape franchie. Une porte qui s'ouvre. Et pourtant, l'urgence du sycomore éclipse tout le reste.

Ils arrivent devant la mairie. Et là aussi, il y a du monde. Des groupes se forment, se défont, se reforment. On peut entendre qui est pour quel clan. Certains sont pour sauver le sycomore, brandissent des pancartes, scandent des slogans. D'autres sont pour le bon fonctionnement de l'éducation des élèves, argumentent, débattent.

Alban entend des bribes de conversations, des mots qui le frappent comme des gifles.

— Sauver le sycomore, c'est le pire choix. C'est le choix égoïste.

— On ne peut pas sacrifier l'éducation de nos enfants pour un arbre.

— Il faut penser à l'avenir, pas au passé.

Mais cette fois, les mots le traversent sans l'achever. Il pense aux mots d'Adélaïde : Sois égoïste. Il a le droit de vouloir sauver le sycomore. Il a le droit de se battre pour ce qui compte pour lui. Il n'était pas le seul.

Alban, Adélaïde et Louise s'assoient sur le rebord d'un trottoir. L'attente est longue. Il fait chaud. Il y a du bruit. Les conversations fusent autour d'eux, les voix s'élèvent, se superposent.

Alban sort son téléphone, va sur les réseaux sociaux. Et tout le monde parle du sycomore. Des centaines de posts, de commentaires, de partages. Et surtout, tout le monde parle de la Dryade du Sycomore qui n'a plus fait d'apparition publique depuis la fête clandestine au lycée.

Il fait défiler les images. On voit des photos de la Dryade du Sycomore sortant du commissariat, drapée dans sa tunique verte, les feuilles accrochées à ses vêtements, le visage maquillé, presque irréel. Comme une déesse. Puis plus rien.

Les gens veulent retrouver la Dryade du Sycomore. Les commentaires se multiplient.

Où est la Dryade ?

C'est elle qui nous donne espoir.

Sans elle, on ne peut pas gagner.

Alban sent une larme couler sur sa joue. Il l'essuie, espère que personne ne l'a vu. Mais Adélaïde la remarque, pose une main sur son bras.

— Ça va ?

Il pense à la Dryade, à ce personnage qu'il a incarné,

à cette sensation de liberté, de puissance. Il pense à la garde à vue, à la peur, à l'humiliation. Il pense à son père, à ce fossé qui s'est creusé entre eux.

Il ne peut pas se montrer en Dryade du Sycomore. Il ne peut pas revivre cette expérience. Son père va le haïr encore plus.

Quelque temps plus tard, peut-être une heure ou deux, il y a du mouvement devant la mairie. Les portes s'ouvrent. Le maire sort, entouré de conseillers municipaux, de journalistes. Il porte un costume sombre, une cravate rouge. Son visage est grave, mais ses yeux brillent d'une satisfaction à peine dissimulée.

Alban, Adélaïde et Louise se lèvent, se rapprochent. La foule se presse, les téléphones se lèvent, les caméras se braquent. Le maire s'avance vers un pupitre installé sur les marches de la mairie, ajuste le microphone.

— Mesdames, messieurs, chers concitoyens.

Sa voix résonne, amplifiée par les haut-parleurs. Le silence se fait progressivement, les conversations s'éteignent.

— Je connais les conséquences de la fusion des deux lycées. Mais ce n'est pas une raison nécessaire pour abattre un sycomore vieux de cent ans qui fait partie de notre vie.

Un brouhaha parcourt la foule. Personne ne croit son discours pour sauver l'arbre. Il défendait l'abattage il y a encore quelques semaines. Les murmures s'amplifient, les visages se ferment.

Le maire lève une main, réclame le silence.

— Depuis des semaines, j'entends vos inquiétudes, vos critiques, vos colères. Contrairement à ce que certains disent, je ne suis pas un maire sourd à ses citoyens. J'ai toujours agi pour le bien de cette ville. J'ai proposé une fusion pour protéger nos enfants et préserver notre patrimoine. Mais on m'a reproché d'aller trop vite, ou pas assez. Très bien. Puisque chacun a un avis, alors chacun aura le droit de le donner officiellement. C'est pourquoi j'ai décidé d'organiser une grande consultation citoyenne. Chacun d'entre vous pourra voter pour ou contre la préservation du sycomore, et je m'engage à suivre l'avis de la majorité.

Le maire marque une pause, puis précise d'une voix ferme :

— Le vote en ligne sera ouvert pendant quarante-huit heures, à partir de demain matin. Tous les habitants de Saint-Georges inscrits sur les listes électorales pourront participer via le site de la mairie. Vous recevrez vos identifiants par courrier électronique.

Encore un brouhaha. Tout le monde parle. Il y a les journalistes qui se pressent, tentent d'obtenir une interview avec le maire. Les caméras tournent, les flashs crépitent.

Alban, Adélaïde et Louise s'éloignent un peu, cherchent un endroit plus calme. Ils trouvent un coin à l'ombre, s'adossent à un mur.

Adélaïde inspire, les yeux brillants.

— Rien n'est joué. On peut encore gagner.

— Oui. Il faut trouver un plan, dit Louise.

Alban reste silencieux. Il sent déjà où ça va.

Adélaïde se tourne vers lui, les yeux brillants d'une énergie fébrile.

— On le sait tous les trois : le seul moment où tout le monde a écouté, c'était quand la Dryade du Sycomore est apparue.

Le mot claque entre eux comme une gifle.

— Adé…

— Il faut qu'elle revienne, enchaîne-t-elle, plus vite, comme si elle avait peur de perdre son courage. Il faut faire une vidéo, un live, peu importe. Si la Dryade appelle à voter pour sauver le sycomore, on a une chance de gagner.

Alban sent son cœur s'emballer.

— La Dryade du Sycomore n'est pas un outil à utiliser à votre guise, lâche-t-il d'une voix plus dure qu'il ne l'aurait voulu. Et je ne serai plus jamais ça. La garde à vue m'a terrorisé.

Louise cligne des yeux, surprise. Elle ne savait pas. Elle regarde Alban, puis Adélaïde, comprend soudain.

— Je… j'avais oublié à quel point ça t'avait secoué, murmure-t-elle.

Adélaïde lève les mains, agacée.

— Mais tu crois que moi, ça ne m'a pas secouée ? Tu crois que je dors bien, en sachant qu'ils vont peut-être le couper quand même ?

Elle désigne la mairie d'un geste brusque.

— On n'a plus le temps, Alban. C'est maintenant ou jamais. Sans la Dryade, on n'y arrivera pas.

Il la fixe, incrédule.

— Donc je dois juste remettre le costume et recommencer, pour que ça t'arrange ? Pour que ça arrange tout le monde ?

— Ce n'est pas « pour moi », se défend-elle, la voix qui monte. C'est pour le sycomore. Pour toutes les personnes qui comptent sur toi.

Il encaisse le « sur toi » comme un coup.

— Non. Pas « sur moi ». Sur la Dryade. Tu ne me vois même plus, en fait.

Un silence brutal tombe entre eux. Adélaïde ouvre la bouche, referme, cherche ses mots.

— Alban, ce n'est pas ce que je voulais dire…

— Si. C'est exactement ce que tu voulais dire.

Il recule d'un pas. Ses yeux brillent.

— Pour toi, je suis juste un masque à enfiler quand ça t'arrange.

— Ce n'est pas vrai, proteste-t-elle, la voix brisée. Je t'aime, toi. Mais j'aime aussi le sycomore.

— Et s'il faut choisir entre nous deux, c'est lui que tu prends, hein ?

Elle entrouvre la bouche, la referme. Aucune phrase ne vient. Son silence suffit.

Quelque chose se fissure en lui.

— Je ne peux pas, répète-t-il. Je ne peux pas revivre ça.

Il tourne les talons, marche d'un pas rapide.

— Alban ! attend, s'il te plaît !

Mais c'est trop tard. Il traverse la place, disparaît dans une rue adjacente.

Il marche, marche, marche. Les rues défilent, les visages anonymes le croisent sans le voir. Il se sent seul.

Il s'arrête finalement, s'assoit sur un banc, ferme les yeux. Il inspire, tente de calmer les battements de son cœur. Il sort son téléphone, regarde l'écran. Plusieurs messages d'Adélaïde.

Je suis désolée.

Je ne voulais pas te blesser.

Reviens, s'il te plaît.

Alban fixe les messages, les doigts tremblants. Il voudrait répondre, mais les mots ne viennent pas. Il range son téléphone, reste assis là, seul, perdu dans ses pensées.

Le soleil continue de taper, impitoyable. La ville bourdonne autour de lui, indifférente à sa douleur. Et quelque part, devant la mairie, le débat continue. Le vote approche. Le sort du sycomore se joue.

Mais Alban, lui, ne sait plus où il en est. Il ne sait plus ce qu'il veut, ce qu'il peut faire. Il se sent déchiré entre son désir de sauver l'arbre et sa peur de revivre ce qu'il a vécu.

Il ferme les yeux, laisse le temps passer. Et dans le

silence de son esprit, une seule question résonne : Que dois-je faire ?

Chapitre 24

La nuit est tombée sur Saint-Georges. Dans sa chambre plongée dans la pénombre, Alban est assis sur son lit, le dos appuyé contre le mur.En rentrant, il avait arraché la robe lilas, les coutures craquant sous ses doigts, avant de la balancer en boule dans la poubelle de la salle de bain. Il ne voulait plus la voir. La lumière bleutée de son téléphone éclaire son visage fatigué. Ses doigts glissent sur l'écran, scrollent, scrollent encore. Les publications défilent, toutes identiques, toutes insupportables.

Des photos floues de lui en robe lilas. Des captures d'écran de son live. Des commentaires enthousiastes, des partages par centaines. Tout le monde veut voir le retour de la Dryade du Sycomore. Tout le monde réclame une nouvelle apparition.

Alban serre les dents. Ses mâchoires se contractent. Il sent la colère monter, brûlante, incontrôlable. Elle se mêle à une tristesse sourde qui lui comprime la poitrine. Il jette son téléphone sur le lit, se prend la tête entre les mains.

Il n'en peut plus. Il n'en peut plus de voir ça. Il n'en peut plus d'être ce symbole qu'il n'a jamais voulu devenir.

On frappe à la porte. Trois coups légers, hésitants.

Alban relève la tête, essuie rapidement ses yeux. Sa voix sort rauque, fatiguée.

— Oui, maman.

La porte s'ouvre. Sa mère entre, referme derrière elle. Elle porte quelque chose dans ses mains. Alban plisse les yeux dans la pénombre, tente de distinguer ce que c'est.

La robe lilas. Déchirée.

Le tissu pend mollement entre les doigts de sa mère, les déchirures visibles même dans la faible lumière. Alban sent son estomac se nouer. Il détourne le regard, fixe le mur.

Sa mère s'approche lentement, s'assoit au bord du lit. Elle pose la robe sur ses genoux, la lisse du plat de la main. Sa voix est douce, sans reproche.

— J'ai trouvé ça… dans la poubelle.

Sa voix n'a rien d'un reproche : seulement une inquiétude douce.

Alban ne répond pas. Il serre les poings, les ongles enfoncés dans ses paumes. La colère pulse dans ses veines, mêlée à une honte qu'il ne sait pas nommer.

— Je suis en colère, finit-il par lâcher. Cette robe m'a apporté beaucoup de problèmes.

Sa mère hoche la tête, caresse le tissu déchiré. Ses doigts s'attardent sur les coutures défaites.

— Mais c'était un cadeau d'Adélaïde.

Le prénom résonne dans la chambre comme une accusation. Alban sent quelque chose se briser en lui. Les mots sortent avant qu'il ne puisse les retenir.

— On s'est séparés avec Adélaïde.

Le silence qui suit est assourdissant. Sa mère relève la tête, le regarde intensément. Ses yeux brillent dans la pénombre.

— Je ne te crois pas.

Alban secoue la tête, sent les larmes monter. Il les retient de toutes ses forces.

— Elle veut utiliser la Dryade du Sycomore uniquement pour sauver le sycomore. Elle veut que je fasse une apparition publique.

Sa mère pose la robe à côté d'elle, se tourne complètement vers son fils. Elle tend une main, la pose sur son genou.

— Adélaïde veut sauver autant le sycomore que toi. Elle n'a pas mesuré ce que ça te coûtait, je crois. Mais je n'ai pas envie que la peur t'arrache aussi ce qui compte pour toi.

Alban sent la colère exploser. Il se redresse brusquement, repousse la main de sa mère.

— La dernière fois que j'ai fait un live, les flics ont

débarqué et on m'a amené en garde à vue ! Je suis devenu malgré moi leur héros. Je n'ai pas envie de revivre ça !

Sa voix se brise sur les derniers mots. Les larmes coulent maintenant, brûlantes, incontrôlables. Il cache son visage dans ses mains, les épaules secouées de sanglots.

Sa mère ne dit rien. Elle ouvre simplement ses bras. Alban hésite, puis se laisse aller. Il se blottit contre elle, comme quand il était petit, quand le monde était plus simple. Elle le serre fort, une main dans ses cheveux, l'autre dans son dos. Elle le berce doucement, murmure des mots apaisants.

— Je te comprends, mon chéri. C'est compliqué.

Alban pleure contre son épaule, laisse sortir toute la peur, toute la frustration accumulée. Sa mère le laisse faire, ne le presse pas, ne le juge pas. Elle est juste là, présente, solide.

Après un long moment, les sanglots d'Alban s'apaisent. Il reste blotti contre sa mère, épuisé, vidé. Elle continue de le bercer, puis sa voix s'élève à nouveau, douce mais ferme.

— Est-ce vraiment une raison pour abandonner une partie de toi-même ?

Alban se redresse, essuie ses yeux. Il fronce les sourcils, ne comprend pas.

— Comment ça ?

Sa mère sourit, un sourire tendre, nostalgique. Elle repousse une mèche de cheveux du front d'Alban.

— Je me souviens très bien quand tu étais allé au cours de théâtre avec Adélaïde, et tout maquillé. Tu m'as dit que c'était le meilleur moment et que c'était trop bien.

Alban sent son cœur se serrer. Il se souvient de ce jour. De cette sensation de liberté, de légèreté. De cette joie pure qu'il avait ressentie.

Mais il secoue la tête, la voix amère.

— Tu as oublié que je me suis fait engueuler par papa. De toute façon, si j'arrête de porter des robes, il va arrêter de m'engueuler.

Sa mère se raidit. Son visage se durcit, ses mâchoires se serrent.

— Ne dis pas ça.

Alban la regarde, surpris par la véhémence de sa réaction. Il sent une pointe de colère remonter.

— Tu défends papa ?

Sa mère secoue la tête. Elle prend les mains d'Alban dans les siennes, les serre fort.

— Je dis juste que tu ne dois pas te restreindre à cause de lui. Moi, je t'ai toujours soutenu. Et si tu en as marre, on peut s'en aller ensemble.

Alban cligne des yeux, déstabilisé. Il ne s'attendait pas à ça.

— Mais ça sera encore plus la merde.

Sa mère hausse les épaules, un sourire triste aux lèvres.

— Ça l'est déjà. En privé, il me parle souvent de ton attrait pour la féminité, et je ne le supporte plus. Ça fait des mois que je me demande combien de temps je pourrai continuer comme ça.

Alban sent les larmes revenir. Mais cette fois, ce sont des larmes différentes. Des larmes de soulagement, de gratitude. Il serre les mains de sa mère, la voix tremblante.

— Tu es sérieuse ?

— Oui. On peut recommencer une nouvelle vie. Qu'est-ce qui te retient ici ?

Alban reste un moment en silence. Il pense à sa vie, à ce qui compte. À ce qui le fait vibrer, à ce qui donne du sens à son existence.

Puis, doucement, il murmure :

— Le sycomore.

Sa mère hoche la tête, attend la suite. Alban inspire.

Un long silence s'installe troublé par le bruit lointain d'une voiture dans la rue.

Puis Alban inspire.

— Je peux faire un live depuis ma chambre. J'aurais l'impression que c'est intime. Mais cette fois, je le fais à mes conditions. Pas parce qu'on me le demande.

Sa mère sourit, un vrai sourire cette fois, lumineux.

— C'est une bonne idée.

Alban sent l'excitation monter, mêlée à l'appréhension. Il regarde autour de lui, réalise soudain l'ampleur de ce qu'il vient de proposer.

— Je n'ai ni la tenue ni le maquillage ni la perruque.

Sa mère se lève, déterminée. Elle ramasse la robe lilas déchirée, la serre contre sa poitrine.

— Je m'occupe de tout.

Alban la regarde, incrédule. Une pensée lui traverse l'esprit, une inquiétude soudaine.

— N'en parle pas à Adélaïde.

Sa mère le regarde intensément.

— Je m'occupe de tout. C'est moi qui vais te maquiller, te coiffer, te vêtir.

Alban sent quelque chose se détendre en lui. Il se lève, se jette dans les bras de sa mère. Elle le serre fort, une main dans son dos, l'autre dans ses cheveux. Il pleure à nouveau, mais cette fois, ce sont des larmes de soulagement.

— Tu pourras faire quelque chose pour réparer ma robe ?

Sa mère se recule, observe le tissu déchiré. Elle fronce les sourcils, pensive.

— Ce n'est pas fini avec elle ?

Alban secoue la tête, un sourire timide aux lèvres.

— Ça serait bête de se disputer pour quelque chose qu'on veut sauver tous les deux.

— Et c'est quand, la date limite pour le vote ?

— Après-demain.

Sa mère inspire profondément, redresse les épaules. Son visage se durcit, déterminé.

— Cela nous laisse très peu de temps. On fait le live ce soir. Maintenant. Pendant que tu es décidé.

Alban sent son cœur s'emballer, mais il hoche la tête.

— D'accord. Allons-y.

Alban sourit. Un vrai sourire, pour la première fois depuis des jours. Il regarde sa mère, cette femme forte, aimante, qui a toujours été là pour lui. Qui le soutient sans condition, sans jugement.

Il réalise à quel point il a de la chance. À quel point elle est précieuse.

Sa mère pose une main sur sa joue, la caresse doucement.

— Tu es courageux, mon chéri. Plus que tu ne le penses.

Alban secoue la tête, mais elle insiste.

— Si. Tu l'es. Et je suis fière de toi.

Les mots résonnent dans la chambre, chauds, réconfortants. Alban sent son cœur se gonfler. Il prend la main de sa mère, la serre fort.

— Merci, maman.

Elle sourit, l'embrasse sur le front. Puis elle se dirige vers la porte, la robe lilas toujours dans ses mains.

— Je vais commencer à travailler sur la robe. Repose-toi. Tu en as besoin.

Sa mère sort, referme la porte derrière elle. Alban reste seul dans sa chambre, mais cette fois, la solitude ne pèse plus. Il se sent léger, presque euphorique.

Il se rallonge sur son lit, fixe le plafond.

Pour la première fois depuis longtemps, il se sent prêt.

Prêt à se battre. Prêt à être lui-même, pleinement, sans compromis.

Une heure plus tard, il démarre son live.

Chapitre 25

Adélaïde se redresse sur le lit, le corps encore tremblant de leur étreinte. La chaleur de la chambre de Victor lui colle à la peau, mêlée à l'odeur de leur sueur et de son parfum à elle. Elle avait espéré que cette intimité la délivrerait de sa dispute avec Alban, mais chaque seconde passée avec Victor ne fait que raviver son sentiment d'échec. Elle reste figée, les poings serrés sur les draps froissés. Sa respiration est rapide, saccadée. La colère pulse dans ses veines.

— Putain, si tu ne sais pas te retenir, mets une capote !

Sa voix explose dans le silence de la chambre, rauque, chargée d'une rage qu'elle ne peut plus contenir. Toute la frustration accumulée depuis sa dispute avec Alban remontait à la surface, amplifiée par cette étreinte qui n'avait rien apaisé. Victor est allongé à côté d'elle, torse nu, le drap froissé sur ses hanches. Il se redresse sur un coude, les sourcils froncés, visiblement déstabilisé.

— Qu'est-ce qu'il t'arrive? On fait exactement comme d'habitude, et tu prends la pilule.

Adélaïde se lève d'un bond, les poings serrés le long de son corps. Elle s'était jetée dans ses bras pour noyer son chagrin, mais au lieu de la réconforter, cette étreinte n'avait fait qu'accentuer le vide qu'Alban avait laissé en elle. Ses ongles s'enfoncent dans ses paumes, laissent des marques rouges.

— Donc c'est moi le problème maintenant? Bordel, Victor, tu ne m'as pas donné un orgasme, et tu ne préviens pas quand tu es sur le point d'en avoir un!

Les mots sortent comme des coups de feu. Toute sa déception de ne pas avoir trouvé dans les bras de Victor l'apaisement qu'elle cherchait après sa dispute avec Alban explosait maintenant, déviée sur le premier prétexte venu. Victor recule, comme giflé. Il ouvre la bouche, la referme, cherche ses mots.

Adélaïde se détourne, ramasse son t-shirt qui traîne par terre. Le tissu colle à sa peau moite, à cause de la transpiration. Elle tire dessus, l'enfile avec des gestes brusques, maladroits. Le col se tord, les manches s'emmêlent. Elle grogne de frustration, tire plus fort.

Victor se lève, enfile un caleçon. Il s'approche d'elle, les mains levées dans un geste d'apaisement.

— Tu m'appelles pour coucher ensemble et c'est comme ça que tu réagis? Qu'est-ce qu'il t'arrive?

Adélaïde se retourne vers lui, les yeux flamboyants. Elle sent la colère exploser, déborder, tout emporter sur son passage.

— Tu ne te remets jamais en question ? Tu crois que c'est moi le problème ?

Victor secoue la tête, visiblement perdu.

— Je n'ai pas dit ça !

Adélaïde éclate d'un rire amer, sans joie. Elle ramasse son soutien-gorge, l'enfile, ajuste les bretelles avec des gestes saccadés.

— En fait, c'est moi l'idiote. Je ne comprends pas pourquoi je couche avec un mec macho qui ne pense qu'à lui et ne respecte même pas ses partenaires.

Victor recule, les mâchoires serrées. Ses yeux se durcissent, son visage se ferme.

— Macho ? Sérieux ?

Adélaïde ne répond pas. Elle ramasse son jean, l'enfile en sautillant sur un pied. Le tissu colle à ses cuisses humides, refuse de monter. Elle tire, grogne, finit par remonter la fermeture éclair d'un geste brusque.

— Adélaïde, attends…

Mais elle ne l'écoute plus. Elle ramasse ses chaussures, les serre contre sa poitrine, se dirige vers la porte de la chambre. Victor fait un pas vers elle, tend une main.

— On peut en parler, non ?

Adélaïde se retourne, le regarde droit dans les yeux. Sa voix est froide, tranchante comme une lame.

— Il n'y a rien à dire.

Elle sort de la chambre, traverse le couloir à grandes enjambées. Victor la suit, torse nu, pieds nus sur le carrelage froid.

— Adélaïde !

Mais elle ne se retourne pas. Elle ouvre la porte d'entrée, sort dans la cage d'escalier. La porte claque derrière elle, le bruit résonne dans tout l'immeuble.

Elle descend les escaliers quatre à quatre, les chaussures toujours serrées contre sa poitrine. Ses pieds nus claquent sur les marches en béton, froids, durs. Elle ne sent rien. Juste la colère qui pulse, qui brûle, qui consume tout.

Elle arrive au rez-de-chaussée, pousse la porte vitrée, sort dans la rue. Il fait encore jour. Le soleil de fin d'après-midi projette des ombres longues sur le trottoir. Des passants la regardent, surpris de voir cette fille en chaussettes, les cheveux en bataille, le visage rouge de colère.

Elle s'en fiche. Elle marche, vite, sans regarder où elle va. Elle veut juste s'éloigner, mettre de la distance entre elle et Victor, entre elle et cette chambre, entre elle et cette erreur monumentale.

Elle marche pendant dix minutes, peut-être plus. Ses pieds commencent à lui faire mal, les chaussettes se trouent sur l'asphalte rugueux. Elle s'arrête enfin, s'assoit sur un banc public. Elle enfile ses chaussures, les lace rapidement.

Puis elle sort son téléphone, regarde l'heure. Dix-sept heures. Elle devrait rentrer chez elle. Mais elle n'a pas envie de voir ses parents, de répondre à leurs questions, de faire semblant que tout va bien.

Elle se lève, reprend sa marche. Elle connaît le chemin par cœur. Ses pieds la portent automatiquement, sans qu'elle ait besoin de réfléchir. Elle arrive chez elle vingt minutes plus tard, pousse la grille, monte les marches du perron.

Elle entre dans la maison, referme la porte doucement derrière elle. Le silence l'accueille. Ses parents ne sont pas là. Tant mieux.

Elle monte l'escalier, entre dans la salle de bain. Elle se regarde dans le miroir. Son visage est rouge, ses yeux brillants. Ses cheveux sont emmêlés, collés par la sueur. Elle a l'air d'une folle.

Elle ouvre le robinet de la douche, attend que l'eau soit chaude. Puis elle se déshabille, jette ses vêtements dans un coin. Elle entre sous le jet brûlant, ferme les yeux.

L'eau coule sur son corps, lave la sueur, la colère, la honte. Elle reste là, immobile, laisse l'eau la purifier. Elle pense à Victor, à ses mots, à son indifférence. Elle pense à elle-même, à ses choix, à ses erreurs.

Elle pense à Alban. À leur dispute. À cette séparation qu'elle a provoquée, qu'elle regrette déjà.

Les larmes viennent enfin, se mêlent à l'eau de la douche. Elle pleure en silence, les épaules secouées de sanglots. Elle pleure sur Victor, sur Alban, sur elle-même.

Elle reste sous la douche jusqu'à ce que l'eau devienne tiède, puis froide. Alors seulement elle sort, s'enveloppe dans une serviette. Elle se sèche, enfile des vêtements propres. Un legging gris, un t-shirt trop grand.

Elle retourne dans sa chambre, s'allonge sur son lit. Elle fixe le plafond, les pensées tourbillonnant dans sa tête.

Elle se sent idiote.

Elle prend son téléphone, compose le numéro d'Alban. Ça sonne. Une fois. Deux fois. Trois fois. Puis le répondeur.

— Bonjour, vous êtes bien sur le répondeur d'Alban. Laissez un message après le bip.

Adélaïde raccroche, rappelle. Encore le répondeur. Elle rappelle une troisième fois. Toujours le répondeur.

Elle lance le téléphone sur le lit, se prend la tête entre les mains.

— Je suis désolée de ce qu'il s'est passé…

Les mots sortent dans un murmure. Elle ne peut pas continuer. La colère et la tristesse se mélangent, forment une boule dans sa gorge qui l'empêche de respirer.

Elle se lève, fait les cent pas dans sa chambre. Trois pas jusqu'à la fenêtre, trois pas jusqu'à la porte. Encore et encore. Ses poings se serrent, se desserrent. Elle voudrait crier, frapper quelque chose, n'importe quoi.

Le sycomore doit être sauvé. C'est la seule chose qui compte. C'est la seule chose qui a du sens.

Elle s'arrête net, une idée germe dans son esprit. Si Alban ne peut pas sauver le sycomore, alors c'est elle qui va le faire. Elle va lancer un live. Elle va parler. Elle va mobiliser les gens.

Elle prend son téléphone, ouvre l'application. Ses doigts hésitent au-dessus du bouton «Démarrer un live». Elle inspire, appuie. L'écran s'illumine, le compteur apparaît. Zéro spectateur.

Adélaïde inspire, regarde la caméra. Son visage est pâle, ses yeux rouges. Elle n'a pas pris le temps de se maquiller, de se coiffer. Elle est juste elle-même, brute, vulnérable.

— Salut, commence-t-elle, la voix tremblante. Je voulais vous parler du sycomore. De cet arbre magnifique qu'on veut détruire.

Le compteur grimpe. Un spectateur. Deux. Cinq. Les gens se connectent, attirés par le sujet, par l'urgence dans sa voix.

— Cet arbre fait partie de notre histoire. Il a vu des générations d'élèves grandir sous ses branches. Il mérite d'être protégé, sauvé.

Dix spectateurs. Vingt. Les chiffres grimpent rapidement. Adélaïde sent son cœur battre plus vite. Elle continue, les mots se bousculent.

— On ne peut pas le laisser mourir. On doit se battre. On doit…

Les commentaires commencent à apparaître. Adélaïde les voit défiler sur l'écran, rapides, nombreux. Elle lit les premiers, sent son estomac se nouer.

C'est pas toi qui couches avec tout le monde ?

Tu trompes Alban et tu veux sauver un arbre ? Sérieux ?

Parmi les messages haineux, un commentaire passe presque inaperçu :

On s'en fout de ta vie privée, merci de parler du sycomore

Elle ne le voit même pas. Son regard s'accroche uniquement aux insultes.

Hypocrite

Tu fais ça juste pour te racheter une image

Les mots la frappent comme des gifles. La gorge se serre. Elle essaie de continuer, mais sa voix se brise.

— Je… je veux juste…

D'autres commentaires apparaissent, encore plus violents, encore plus blessants.

Va te faire voir

Personne ne te croit

Tu es pathétique

Adélaïde sent quelque chose se briser en elle. Elle ne peut plus respirer, ne peut plus parler. Elle appuie sur le bouton, coupe le live. L'écran redevient noir.

Elle avait cru pouvoir se racheter, faire quelque chose de bien après cette erreur avec Victor, mais même ça, elle n'y arrivait pas.

Elle jette le téléphone sur le lit, se lève d'un bond. Un cri monte dans sa gorge, rauque, animal. Elle le laisse sortir, hurle de toute la force de ses poumons.

— AAAAAAHHH !

Le cri résonne dans la chambre, rebondit contre les

murs. Elle hurle encore, encore, jusqu'à ce que sa gorge brûle, jusqu'à ce qu'elle n'ait plus de voix.

Puis elle s'effondre sur le lit, épuisée, vidée. Les larmes coulent sur ses joues, silencieuses, interminables. Elle se recroqueville en position fœtale, serre un oreiller contre sa poitrine.

À cet instant, elle a l'impression que sa réputation ne pourra jamais changer. Peu importe ce qu'elle fait, peu importe ses efforts, les gens la verront toujours de la même façon. La fille qui couche avec tout le monde. La fille qui trompe son copain. La fille sans moralité.

Elle reste allongée, dépitée, les yeux fixés sur le mur. Qu'est-ce qu'elle pourrait faire de plus ? Anna et Pik ont déjà lancé un appel pour sauver le sycomore. Le mouvement est en marche. Elle n'est pas nécessaire.

La nuit est tombée depuis longtemps. Son téléphone affiche 22 h 30.

Soudain, il vibre. Elle sursaute, tend la main, attrape l'appareil. Une notification s'affiche à l'écran. Un live. Sur le compte Instagram d'Alban.

Son cœur bondit dans sa poitrine. Elle appuie sur la notification, le live s'ouvre. Et elle le voit.

Alban.

Il est magnifique. Le maquillage est parfait, subtil mais transformateur. Ses yeux brillent, soulignés d'un trait d'eye-liner délicat. Ses lèvres sont brillantes. Il porte la robe lilas, celle qu'elle lui a offerte.

Sur sa tête, une couronne de feuilles de sycomore. Fraîches, vertes, vivantes.

Alban regarde la caméra, et quand il parle, sa voix est claire et posée.

— Salut. Je suis la Dryade du Sycomore. Au début, c'était un moyen pour moi de me sentir bien.

Adélaïde se redresse, les yeux rivés sur l'écran. Elle découvre un Alban qu'elle ne connaît pas encore.

— Puis j'ai détesté ce que la Dryade du Sycomore est devenue. Elle est devenue la porte-parole du mouvement. Moi, je veux sauver le sycomore comme vous.

Il marque une pause, laisse les mots s'installer. Adélaïde retient son souffle.

— Pourquoi devez-vous avoir l'avis de la Dryade du Sycomore ? Je l'ai fait pour moi et pour moi seul. Alors oui, demain c'est le vote, et personne ne pourra critiquer votre choix car votre choix sera forcément bon.

Adélaïde sent son cœur se gonfler. Elle comprend maintenant. Alban ne veut pas être un leader. Il ne veut pas être un symbole. Il veut juste être lui-même.

— Qui va critiquer le fait d'avoir de meilleures conditions de travail au lycée ? Qui va vous critiquer pour avoir défendu le sycomore contre vents et marées ?

Il sourit, un sourire doux, presque triste.

— Moi, je sauverai le sycomore pour moi et moi seul.

Elle connait Alban depuis des années. Elle l'a vu grandir, douter, se chercher. Mais c'est la première fois qu'elle le voit comme ça. Fort. Courageux. Libre.

Adélaïde ne pouvait pas rêver mieux comme apparition. C'est mieux que ce qu'elle imaginait. Alban n'influence personne. Il ne dit pas aux gens quoi penser, quoi faire. Il leur donne juste la liberté de choisir.

Le live se coupe après quelques minutes. Il n'en fallait pas plus. Alban a dit ce qu'il avait à dire. Simplement. Honnêtement.

Adélaïde ferme son téléphone, le pose sur la table de nuit. Elle était convaincue par le live d'Alban. Tellement convaincue qu'elle ne voulait pas voir les commentaires sur les réseaux sociaux. Elle ne voulait pas que cette magie soit brisée par des mots haineux, par des critiques, par des jugements.

Elle s'allonge sur le lit, ferme les yeux. Pour la première fois depuis des heures, elle se sent en paix. Elle pense à Alban, à son courage, à sa sagesse. Elle pense au sycomore, à ses branches immenses, à la Dryade qui veille sur lui.

Elle pense à elle-même, à ses erreurs, à ses regrets. Mais elle pense aussi à demain, à ce vote qui va décider du sort du sycomore.

Et elle se dit qu'ils ont une chance de gagner.

Grâce à Alban. Grâce à la Dryade du Sycomore.

Grâce à cette fragilité courageuse qui déplace des montagnes.

Chapitre 26

La place de la mairie grouille de monde. Des centaines de personnes se pressent devant les marches de pierre, forment une masse compacte, vibrante d'anticipation. Des élèves du lycée de Saint-Georges côtoient des habitants, des commerçants, des retraités, des familles entières. Certains agitent encore des pancartes, vestiges de la manifestation de la veille. D'autres brandissent leur téléphone, prêts à filmer l'annonce historique.

Adélaïde se tient au milieu de la foule, les bras croisés sur sa poitrine. Elle porte un jean délavé et le même t-shirt blanc où elle a inscrit au marqueur : « Sauvons le Sycomore ». Ses cheveux blonds sont attachés en queue de cheval haute, mais des mèches rebelles s'échappent, encadrent son visage pâle.

Elle se dresse sur la pointe des pieds, scrute le monde.

Ses yeux balaient les visages, cherchent, espèrent. Mais elle ne le voit pas. Alban n'est pas là.

Son estomac se noue. Elle se mordille la lèvre inférieure, un geste nerveux qu'elle répète depuis des heures. Ses doigts tambourinent contre ses bras, rapides, saccadés. Elle inspire, tente de calmer les battements de son cœur.

Peut-être qu'il ne viendra pas. Peut-être qu'il lui en veut encore. Peut-être que leur dispute a créé une fissure trop profonde, impossible à réparer.

Elle sort son téléphone de sa poche, vérifie l'écran. Aucun message. Aucun appel manqué. Elle n'a pas contacté Alban depuis son live, hier soir. Elle voulait lui laisser de l'espace, du temps, respecter son besoin de tranquillité.

Mais maintenant, elle regrette. Elle aurait dû l'appeler. Elle aurait dû lui envoyer un message. Elle aurait dû lui dire qu'elle serait là, devant la mairie, à attendre le résultat du vote.

Elle range son téléphone, se remet à scruter la foule. À sa gauche, un groupe de lycéens scande des slogans. À sa droite, une femme âgée tient une pancarte : «Le Sycomore est notre histoire». Devant elle, un homme filme avec son téléphone, le bras levé au-dessus de la foule.

Adélaïde se sent seule. Entourée de centaines de personnes, mais seule quand même.

Elle pense à hier. À Victor. À cette colère qui l'a submergée, à ces mots qu'elle a crachés. Elle pense au live qu'elle a lancé, à ces commentaires haineux qui l'ont détruite. Elle pense à Alban, à son live magnifique, à cette sagesse qu'il a montrée.

La honte l'envahit.

Soudain, quelqu'un prend son bras. Une main ferme, douce, familière. Adélaïde sursaute.

Alban.

Il est là, devant elle.

Mais ses yeux brillent d'une lumière nouvelle. Une assurance, une force qu'elle ne lui connaissait pas avant.

Leurs regards se croisent. Les larmes coulent.

Alban ne dit rien. Il tire sur son bras, l'entraîne à l'écart de la foule. Ils se faufilent entre les groupes, contournent les pancartes, s'éloignent du brouhaha. Ils trouvent refuge sous un arbre, à quelques mètres de la place. Un tilleul centenaire dont les branches s'étendent en refuge ombragé.

Le bruit de la foule s'atténue, devient un murmure lointain. Adélaïde et Alban se font face, silencieux. Le vent bruisse les feuilles au-dessus de leurs têtes.

Adélaïde inspire. Les mots se bousculent dans sa gorge, pressés de sortir. Elle ouvre la bouche, les laisse s'échapper.

— Je m'excuse. Je suis terriblement idiote et je n'ai pas pensé à toi. Bravo pour ton live.

Sa voix tremble. Elle baisse les yeux, fixe ses pieds. Elle ne peut pas soutenir le regard d'Alban, pas maintenant, pas après ce qu'elle a fait.

Alban secoue la tête. Il fait un pas vers elle, réduit la distance entre eux.

— Moi, j'étais con de renoncer si proche du but.

Adélaïde relève la tête, surprise. Elle s'attendait à des reproches, à de la colère. Pas à ça. Pas à cette compréhension, cette douceur.

— Tout est de ma faute, insiste-t-elle. Tu as exprimé ton désir, et je ne t'ai pas écouté. J'étais têtue aussi.

Les larmes coulent maintenant, silencieuses, libératrices. Elle ne les retient plus. Elle les laisse couler, tracer des sillons sur ses joues.

Alban sourit, un sourire tendre qui réchauffe tout son visage. Il lève une main, essuie doucement une larme du bout du pouce.

— Excuse acceptée.

Adélaïde sent quelque chose se dénouer dans sa poitrine.

Alban laisse retomber sa main, mais son regard reste fixé sur elle. Un regard pénétrant, qui voit au-delà des apparences, au-delà des masques.

— Adélaïde, je vois quand tu ne vas pas bien.

Les mots sont simples, mais ils frappent Adélaïde comme un coup de poing. Elle recule d'un pas, surprise. Comment peut-il savoir ? Comment peut-il voir ce qu'elle cache si bien ?

Elle détourne le regard, fixe le tronc du tilleul. L'écorce est rugueuse, marquée par le temps, par les intempéries. Elle voudrait disparaître, se fondre dans cet arbre, ne plus avoir à affronter la vérité.

Mais Alban ne la laisse pas s'échapper. Il fait un pas vers elle, se place dans son champ de vision.

— Qu'est-ce qui ne va pas ?

Les mots sont coincés dans sa gorge, refusent de sortir. Elle serre les poings, les ongles s'enfoncent dans ses paumes.

— Dans ce mouvement, je voulais trouver ma place. Je voulais qu'on m'admire. Pourtant, on me ressort toujours les mêmes critiques. Et toi, tu devenais juste un outil dans ma tête. La Dryade, le live… Je ne voyais plus que ce que ça pouvait m'apporter, pas ce que ça te faisait.

Sa voix se brise sur le dernier mot. Elle ferme les yeux, sent les larmes revenir, plus fortes, plus douloureuses.

Alban reste silencieux un moment. Il observe Adélaïde, voit sa souffrance, sa vulnérabilité. Puis il parle, sa voix douce mais ferme.

— Tu n'as pas besoin de l'avis des autres pour être toi. Ça me gêne, moi ? Non, car tu veux faire ce que tu veux de tes rapports sexuels. Et ça gêne tes amis ? Non, je ne pense pas. Ça gêne des personnes qui ne te connaissent pas. Ces personnes ne connaissent pas ta loyauté, ton amour, ta détermination.

Adélaïde ouvre les yeux, le regarde. Les larmes brouillent sa vision, mais elle voit quand même son visage, son expression sincère, ses yeux qui ne mentent pas.

— J'ai toujours existé au travers du regard des autres, murmure-t-elle. J'étais toujours la fille rebelle pour exister. Alors quand tout le monde s'est mis à me détester, j'ai paniqué… et je t'ai poussé, toi, encore plus en avant, pour rattraper ça.

Alban hoche la tête, comprend. Il fait un pas de plus, se tient maintenant tout près d'elle. Si près qu'elle peut sentir la chaleur de son corps, entendre sa respiration.

— Je comprends. Ne fais plus de choses idiotes pour les autres. Si tu dois prendre des risques, que ce soit pour toi, pas pour ton image. Et quand tu as pensé qu'à ton image, on a vu ce que ça a donné… Tu t'es fait mal, et tu m'as embarqué avec toi. Je ne veux plus te voir te détruire comme ça.

Les mots sont durs, mais nécessaires. Adélaïde les reçoit comme une gifle, mais une gifle salvatrice, qui la réveille, qui la ramène à la réalité.

Elle ne peut que faire signe que oui, submergée par l'émotion.

— OK, finit-elle par articuler.

Alban sourit, satisfait. Il tend la main vers elle. Adélaïde la prend, entrelace leurs doigts. Ils restent ainsi un moment, main dans la main, sous le tilleul, à l'abri du monde.

Puis un bruit les tire de leur bulle. Des cris, des applaudissements, des sifflets. Quelque chose se passe sur la place de la mairie.

Alban et Adélaïde échangent un regard. Puis, d'un

commun accord, ils se mettent à courir. Ils traversent la pelouse, contournent les groupes de personnes, se frayent un chemin jusqu'à la place.

La foule s'est densifiée. Des centaines de personnes se pressent maintenant devant la mairie, forment un mur compact. Adélaïde et Alban se glissent entre les corps, jouent des coudes, avancent centimètre par centimètre.

Alban balaie la foule du regard, cherche des visages familiers. Il les repère rapidement. Anna se tient près des marches, son éternel dossier serré contre sa poitrine. Ses petites lunettes rondes brillent dans la lumière de fin d'après-midi. À côté d'elle, Pik, grande et solide, les cheveux courts poivre et sel, un foulard noué autour du cou. Et Louise, les cheveux détachés, le visage rayonnant.

Alban lève la main vers eux. Anna sourit et agite la main, Pik hoche la tête, Louise lui envoie un baiser du bout des doigts.

Adélaïde suit le regard d'Alban, voit leurs amis. Elle sent son cœur se réchauffer. Ils sont tous là. Ensemble. Unis.

Soudain, un silence se fait. Progressivement, comme une vague qui se retire. Les cris s'éteignent, les conversations se taisent. Tous les regards se tournent vers les marches de la mairie.

La porte s'ouvre. Le maire apparaît. Il porte un costume sombre, impeccable, une cravate rouge nouée avec soin. Ses cheveux gris sont parfaitement coiffés, son visage impassible.

Il descend les marches, lentement, solennellement. Chaque pas résonne sur la pierre, amplifié par le silence ambiant. Il s'arrête à mi-chemin, se tourne vers la foule.

Il observe les visages tournés vers lui, les yeux pleins d'espoir, d'angoisse, d'anticipation. Il inspire profondément, lève une main pour demander l'attention.

Le silence est total maintenant. On pourrait entendre une mouche voler. Adélaïde retient son souffle, serre la main d'Alban si fort que ses jointures blanchissent.

Le maire commence à parler. Sa voix est forte, claire, amplifiée par le silence ambiant.

— Nous avons les résultats du vote.

Il marque une pause.

— Une majorité de Saint-Georgiens s'est prononcée pour la préservation du sycomore.

Un murmure parcourt la foule.

— Cette décision implique la fusion des deux lycées. Et je vais m'engager personnellement à ce que cette décision soit appliquée.

Certains se tournent vers leurs voisins, échangent des regards interrogateurs. D'autres restent figés, attendent la suite.

Le maire lève à nouveau la main, réclame le silence.

— C'est un honneur pour moi de sauver un patrimoine aussi important que le sycomore. Vous m'avez ouvert les yeux. J'aurais fait une énorme connerie.

La foule explose. Des cris de joie éclatent partout autour d'eux.

Plus loin, certains restent figés, inquiets, déjà en train de murmurer entre eux sur les classes surchargées et les emplois du temps impossibles.

Mais, près des marches, là où se tiennent les élèves de Saint-Georges, c'est une vague de soulagement qui l'emporte.

Adélaïde sent les larmes couler sur ses joues, mais cette fois, ce sont des larmes de bonheur. Elle se tourne vers Alban, le voit sourire, les yeux brillants.

— On a gagné, murmure-t-elle, incrédule.

Il serre la main d'Adélaïde, la tire vers lui, la prend dans ses bras. Ils restent ainsi, enlacés, au milieu de la foule en liesse.

Le maire lève à nouveau la main, tente de calmer l'enthousiasme. Mais personne ne l'écoute. La joie est trop forte, trop puissante. Il sourit, un sourire qui semble presque sincère, puis remonte les marches. Il se retourne, salue la foule d'un geste, puis disparaît à l'intérieur de la mairie.

La porte se referme derrière lui avec un claquement sec. Mais personne ne le remarque. La fête continue, s'amplifie. Des gens commencent à danser, à chanter. D'autres sortent leur téléphone, filment, prennent des photos.

Adélaïde se détache d'Alban, essuie ses yeux. Elle sourit, un sourire radieux qui illumine tout son visage.

— Tout finit bien !

Alban sourit.

— Ouais.

Soudain, une voix s'élève derrière eux. Pik se fraie un chemin à travers la foule, Anna et Louise sur ses talons. Elle arrive à leur hauteur, le visage rayonnant, les yeux brillants.

— On fête ça au Rohan ?

Louise applaudit, enthousiaste.

— Effectivement !

— Oui.

Adélaïde se tourne vers Alban, interrogative. Il sourit.

— Allons-y.

Le petit groupe se forme, se met en marche. Ils quittent la place de la mairie, laissent derrière eux la foule en liesse, les cris de joie, les célébrations. Ils marchent côte à côte, épaule contre épaule, unis par cette victoire qu'ils ont remportée ensemble.

Adélaïde marche entre Alban et Louise.

Elle pense à ce qu'Alban lui a dit, sous le tilleul. « Tu n'as pas besoin de l'avis des autres pour être toi. » Les mots résonnent dans sa tête, s'installent, prennent racine.

Elle se tourne vers lui, le regarde. Il marche tranquillement, les mains dans les poches, le visage serein. Il a l'air en paix, avec lui-même, avec le monde.

— Merci, murmure-t-elle.

Alban se tourne vers elle, fronce les sourcils.

— Pourquoi ?

— Pour ce que tu m'as dit. Sous l'arbre.

Alban sourit, hausse les épaules.

— C'est normal. C'est ce que font les amis.

Adélaïde sent son cœur se gonfler. Les amis. Oui, c'est ce qu'ils sont. Des amis. Peut-être plus que ça. Peut-être quelque chose de plus profond, de plus précieux.

Ils arrivent au Rohan. Le bar est bondé, rempli de clients qui célèbrent eux aussi la victoire. Des rires résonnent, des verres s'entrechoquent, la musique joue en fond sonore.

Pik les conduit vers une grande table au fond de la salle. Ils s'installent, commandent des boissons. Des sodas pour certains, des bières pour d'autres. L'atmosphère est joyeuse, détendue.

Anna lève son verre, propose un toast.

— Au sycomore !

Tous lèvent leur verre, répètent en chœur.

— Au sycomore !

Les verres s'entrechoquent, le bruit résonne dans le bar. Ils boivent, rient, discutent. Les conversations se mêlent, se superposent, créent une cacophonie joyeuse.

Adélaïde observe ses amis. Anna et sa détermination, Pik et sa force, Louise et sa spontanéité. Et Alban, sage et courageux.

Elle se sent chanceuse. Ces personnes qui la connaissent.

Elle pense à ce qu'Alban lui a dit. « Ces personnes ne connaissent pas ta loyauté, ton amour, ta détermination. » Mais eux, ils les connaissent. Eux, ils voient qui elle est vraiment.

Et c'est tout ce qui compte.

La soirée se poursuit. Ils parlent du sycomore, de la manifestation, du vote. Ils rient des moments drôles, se remémorent les moments difficiles. Ils célèbrent cette victoire qu'ils ont remportée ensemble.

Et pour la première fois depuis longtemps, Adélaïde se sent à sa place. Elle n'a pas besoin d'être rebelle pour exister. Elle n'a pas besoin de l'admiration des autres pour avoir de la valeur.

Elle regarde Alban, lui sourit. Il lui rend son sourire, lève son verre vers elle.

Et dans ce geste simple, Adélaïde trouve tout ce qu'elle cherchait.

Chapitre 27

Une semaine après la victoire. Le père d'Alban n'était toujours pas revenu. Sa mère avait pris rendez-vous chez un avocat pour entamer la procédure de divorce. À Castelcerf, les premiers travaux de fusion étaient annoncés pour la rentrée, personne ne savait encore si ce serait le chaos annoncé ou un compromis viable. Mais à Saint-Georges, le sycomore vivait en paix.

Ce soir, dans la chambre d'Alban, rien de tout ça n'existait.

Le soleil couchant se faufile à travers les rideaux, teinte la pièce d'une lueur dorée. Des particules de poussière dansent dans les rayons. Sur le bureau, une lampe d'appoint diffuse une clarté chaude.

Assis sur sa chaise, le dos droit, les mains posées sur

ses genoux, Alban ferme les yeux. Il respire, savoure ce moment de calme.

Adélaïde se tient debout devant lui, penchée en avant. Elle tient un pinceau dans sa main droite, le fait glisser sur la paupière d'Alban. Ses gestes sont précis. Elle a fait ça des dizaines de fois maintenant, connaît chaque courbe du visage d'Alban.

Sur le bureau, une trousse à maquillage déborde de produits. Des palettes de fards à paupières aux couleurs variées, des pinceaux de toutes tailles, des tubes de mascara, des crayons pour les yeux. Certains appartiennent à Adélaïde, d'autres ont été achetés pour Alban.

Le silence règne dans la chambre. Un silence doux et complice.

Adélaïde trempe son pinceau dans une teinte cuivrée, l'applique sur la paupière d'Alban. Elle observe son travail, penche la tête sur le côté. Puis elle saisit une pointe plus fine et commence à estomper les bords, crée un dégradé subtil.

Alban sent la douceur caresser sa peau, légère comme une plume, et hume le parfum d'Adélaïde, ce mélange de vanille et de jasmin qui lui est si familier.

Le sycomore est sauvé. La fusion des lycées est votée. La bataille est gagnée. Et lui, Alban, il sait enfin qui il est vraiment. Pas un garçon. Pas une fille. Quelque chose entre les deux, quelque chose de fluide, de changeant. Quelque chose d'unique.

Adélaïde recule d'un pas, observe son travail. Elle

fronce les sourcils. Elle prend un autre pinceau, ajoute une touche de doré dans le coin interne de l'œil. Puis elle sourit, satisfaite cette fois.

Elle ouvre un tube de mascara, en retire la brosse. Elle se penche à nouveau vers Alban, si près que leurs visages se touchent presque.

— Ouvre les yeux, murmure-t-elle.

Alban obéit. Ses yeux verts rencontrent ceux d'Adélaïde, bleus comme l'océan. Ils se regardent un instant, sans parler. Un regard chargé de sens, de complicité, d'amour.

Puis Adélaïde se concentre à nouveau sur sa tâche. Elle applique le mascara. Une couche, puis deux, puis trois. Les cils d'Alban s'allongent, s'épaississent, encadrent les yeux verts d'un noir profond.

Soudain, Adélaïde s'arrête. Elle pose le mascara sur le bureau, croise les bras sur sa poitrine. Son visage se fait sérieux, presque inquiet.

— Si ton père rentre du travail et te voit comme ça, avec un look très féminin…

Sa voix traîne, laisse la phrase en suspens. Elle se mordille la lèvre inférieure, un geste nerveux qu'Alban connaît bien.

Alban ouvre les yeux, la regarde. Un sourire amusé étire ses lèvres.

— Tu doutes à présent ?

Adélaïde secoue la tête.

— La dernière fois, tu l'avais mal vécu. Oui, je m'inquiète pour toi.

Alban inspire. Il se redresse sur sa chaise, pose ses mains sur les accoudoirs. Son regard se fait plus intense, plus déterminé.

— Il ne va pas revenir. Mes parents se sont embrouillés, et mon père est parti en colère en claquant la porte.

Il marque une pause, laisse les mots s'installer. Puis il continue, sa voix plus forte, plus assurée.

— Et j'ai appris qui je suis. Avant, personne ne me regardait. Maintenant, ils me voient, et ça leur fait peur. Je ne vais plus m'excuser d'exister.

Les derniers mots résonnent dans la chambre, chargés d'une force nouvelle. Adélaïde observe Alban, voit cette transformation qui s'est opérée en lui. Ce n'est plus le garçon timide, effacé qu'elle connaissait. C'est quelqu'un de nouveau, quelqu'un de plus fort, de plus confiant.

Elle sourit, un sourire qui illumine tout son visage.

— Vu sous cet angle-là, je suis d'accord avec toi. Et j'aime ta philosophie.

Alban lui rend son sourire. Il tend la main vers elle, prend la sienne, entrelace leurs doigts. Sa peau est chaude, douce.

— Je me sens bien. J'ai une mère formidable, des amis qui me soutiennent, et surtout toi qui me pousses de plus en plus haut.

Adélaïde sent son cœur se gonfler. Les larmes

montent, brûlantes, mais elle les retient. Elle serre la main d'Alban, la porte à ses lèvres, y dépose un baiser léger.

— Tu es trop mignon. Je te promets de penser à toi avant de penser à moi, pour qu'on ne se dispute pas comme la dernière fois. Je n'ai pas envie de revivre ce moment-là.

Alban retire sa main, la pose à nouveau sur ses genoux.

Adélaïde reprend son pinceau, se remet au travail.

Le silence revient, enveloppe la chambre comme une couverture chaude.

Adélaïde applique un fard rosé sur les joues d'Alban, crée un effet bonne mine naturel.

Puis elle prend un crayon pour les lèvres, trace le contour avec précision.

Soudain, Alban ouvre les yeux. Il regarde Adélaïde, son visage concentré, ses mains expertes. Il sent quelque chose monter en lui, quelque chose qu'il a besoin de dire à voix haute.

— Tu sais, parfois je me demande pourquoi. Pourquoi ces vêtements me font cet effet.

Adélaïde pose le crayon, le regarde avec douceur.

— Tu n'as pas besoin de comprendre, Alban. L'important, c'est que tu saches qui tu es.

Alban baisse les yeux, joue avec l'ourlet de son t-shirt.

— Je suis Alban. Un garçon. Juste… un garçon qui a besoin de robes pour se sentir courageux. Comme une armure, tu vois ?

Adélaïde sourit, un sourire qui illumine tout son visage.

— La plus belle armure du monde.

Elle se penche, dépose un baiser léger sur son front. Puis elle reprend son pinceau, continue son travail.

Alban ferme les yeux à nouveau, se laisse bercer par les sensations.

Les mots qu'il vient de prononcer résonnent encore dans sa tête, mais cette fois, ils ne l'effraient plus.Il sait qui il est. Et c'est suffisant.

Chaque geste est une caresse. Chaque toucher est une déclaration. Ce rituel qu'ils partagent, ce moment rien qu'à eux deux, vaut tous les «je t'aime» du monde.

Alban a soudain l'impression qu'ils viennent d'inventer leur propre langage secret.

C'est intime. Puissant. Presque sacré.

Alban garde les yeux fermés, se laisse porter par les sensations. Il sent les doigts d'Adélaïde effleurer sa joue, son front, son menton. Il n'avait jamais été regardé d'aussi près. Jamais touché avec autant de délicatesse. Il se sentait plus nu que s'il avait été entièrement déshabillé. Il sent le pinceau danser sur sa peau, léger comme un papillon. Il sent cette connexion entre eux, invisible mais palpable.

Les minutes s'écoulent, lentes. Le soleil continue sa descente, teinte la chambre de nuances orangées, puis roses, puis violettes. La lumière change, se transforme, crée une atmosphère magique.

Soudain, Alban ouvre les yeux. Il regarde Adélaïde,

son visage concentré, ses mains expertes. Il sent quelque chose monter en lui, quelque chose de fort, d'irrépressible.

— Je sais que c'est énorme à dire... mais j'ai envie de rester avec toi toute ma vie.

Les mots sortent tout seuls. Adélaïde s'arrête, le pinceau suspendu dans l'air. Elle lève les yeux, rencontre le regard d'Alban.

— Moi aussi.

Sa voix est un murmure, mais elle porte tout le poids de sa conviction. Elle pose le pinceau sur le bureau, prend les mains d'Alban dans les siennes.

Alban sourit.

— Ça peut être naïf ou enfantin, mais je me demande comment on pourra se détester après notre aventure pour sauver le sycomore.

Adélaïde secoue la tête, serre ses mains plus fort.

— Effectivement, je suis du même avis que toi. Ce n'est pas une mauvaise chose. On peut vivre notre amour comme on le souhaite, et personne ne pourra nous dire le contraire.

Il inspire, laisse les mots suivants s'échapper.

— Et si tu veux partir à l'autre bout du monde, je suis sûr que tu reviendras avec le même amour pour moi.

Adélaïde se penche vers lui, pose son front contre le sien. Leurs respirations se mêlent, se synchronisent.

— Je te promets que notre amour vivra, peu importe les aventures.

Un silence doux s'installe. Puis Adélaïde relève la tête, un sourire fragile aux lèvres.

— Tu sais… ce que tu m'as dit sous le tilleul. Que je n'avais pas besoin du regard des autres pour être moi. Je crois que j'ai enfin compris.

Elle inspire, comme si prononcer ces mots lui coûtait.

— J'ai passé tellement de temps à me battre contre une réputation que je nourrissais moi-même en lui donnant trop d'importance. Mais toi, Anna, Louise, Pik… vous me voyez. Et c'est tout ce qui compte.

Alban sourit, serre ses mains.

— C'est exactement ça.

Ils restent ainsi un moment, front contre front, mains dans les mains. Le temps semble suspendu, figé. Il n'y a plus que ce moment, cette connexion, cet amour.

Puis Adélaïde se redresse, reprend son pinceau. Elle termine le maquillage en silence, ajoute quelques touches finales. Un peu de highlighter sur les pommettes, un trait d'eye-liner discret, une touche de gloss sur les lèvres.

Enfin, elle recule, observe son œuvre. Un sourire satisfait étire ses lèvres.

— Voilà. C'est parfait.

Alban se lève, se dirige vers le miroir en pied accroché à la porte de son armoire. Il s'observe, découvre son reflet.

Le maquillage est subtil mais efficace. Ses yeux paraissent plus grands, plus lumineux. Ses pommettes sont sculptées, son teint éclatant. Ses lèvres sont pleines, sensuelles.

Il porte un t-shirt noir simple, oversize. En bas, une jupe plissée noire qui arrive à mi-cuisse. Et des collants opaques noirs qui moulent ses jambes.

Le contraste est saisissant. Masculin en haut, féminin en bas. Ou peut-être l'inverse. Ou peut-être ni l'un ni l'autre. Juste Alban, dans toute sa complexité, dans toute sa beauté.

Il passe ses mains sur la jupe, lisse les plis. Il adore cette sensation, le tissu doux contre sa peau. Il adore les collants aussi, cette seconde peau qui le fait se sentir à la fois protégé et libre.

Adélaïde s'approche, se place à côté de lui devant le miroir. Elle l'observe, les yeux brillants d'admiration.

— Je suis jalouse de toi. Tu es trop beau !

Alban rit, un rire léger, cristallin. Il se tourne vers elle, prend ses mains.

— Tu peux le faire aussi. Tu peux te maquiller, être plus féminine si tu en as envie.

Le sourire d'Adélaïde s'efface. Elle baisse les yeux, fixe leurs mains entrelacées.

— On me traiterait encore plus de pute. Déjà, ma réputation ne joue pas en ma faveur.

Un silence. Alban la regarde, attendant qu'elle entende elle-même ce qu'elle vient de dire.

Adélaïde relève les yeux. Quelque chose change dans

son expression, une légère crispation, comme si ses propres mots venaient de la rattraper.

— Je recommence, c'est ça ?

— Tu recommences, confirme Alban.

Elle souffle, un souffle court, presque un rire amer dirigé contre elle-même.

— Pourquoi c'est si difficile ?

— Parce que c'est un réflexe. Mais tu peux le désapprendre.

Adélaïde ouvre la bouche pour répondre, mais elle est interrompue par un coup frappé à la porte. La voix de la mère d'Alban résonne dans le couloir, douce et chaleureuse.

— Les enfants ! À table !

Ils quittent la chambre, descendent l'escalier côte à côte. Leurs pas résonnent sur les marches de bois, créent une mélodie familière. Ils arrivent dans la cuisine, où la mère d'Alban s'affaire devant les fourneaux.

La pièce est baignée de lumière, sent bon les épices et les herbes fraîches. Sur la table, trois assiettes sont disposées, accompagnées de couverts et de verres. Un plat fumant trône au centre, dégage une odeur appétissante.

La mère d'Alban se retourne, découvre son fils. Son visage s'illumine, ses yeux brillent de fierté et d'amour.

— Je suis très heureuse pour toi. Tu es si épanoui.

Alban sent ses joues rougir sous le maquillage. Il baisse les yeux, timide soudain.

— Merci.

Ils s'installent autour de la table. La mère d'Alban sert le plat, un gratin de légumes accompagné de poulet rôti. Les assiettes se remplissent, les fourchettes s'entrechoquent, les conversations commencent.

L'atmosphère est légère. Ils parlent de tout et de rien. De la météo, des voisins, d'une émission vue à la télévision. Ils rient, plaisantent, se taquinent gentiment.

Il y a une gaieté simple, conviviale. Pas de tension, pas de non-dits. Juste trois personnes qui partagent un repas, qui profitent de la compagnie des autres.

Adélaïde raconte une anecdote sur Pik, qui a failli renverser son café sur Anna pendant une réunion. La mère d'Alban rit, un rire franc qui résonne dans la cuisine. Alban sourit, heureux de voir les deux femmes qu'il aime le plus au monde s'entendre si bien.

Il mange, savoure chaque bouchée. Le gratin est crémeux, le poulet tendre. Il se sent comblé.

La mère d'Alban pose sa fourchette, s'essuie la bouche avec sa serviette. Elle regarde Alban et Adélaïde, un sourire rêveur aux lèvres.

— On pourrait partir en vacances quelque part en Bretagne. J'aimerais trop y aller.

Adélaïde se redresse sur sa chaise, les yeux brillants d'excitation.

— Trop bien !

— C'est merveilleux.

La conversation dérive vers les vacances. Ils parlent des plages bretonnes, des crêperies, des randonnées le long des falaises. La mère d'Alban évoque les îles, Ouessant, Belle-Île-en-Mer. Adélaïde parle de kayak, de voile, de baignade dans l'océan.

Alban les écoute, participe, propose des idées. Il imagine déjà ces vacances, ce moment de liberté, de découverte. Il s'imagine marcher sur la plage, les pieds dans le sable, le vent dans les cheveux. Il s'imagine porter une robe légère, sentir le soleil sur sa peau.

Il se sent heureux.

La mère d'Alban se lève, commence à débarrasser la table. Adélaïde se lève aussi, l'aide à empiler les assiettes. Alban reste assis, les observe. Il voit leurs gestes synchronisés, leur complicité naturelle.

Et il se dit qu'il a de la chance.

La mère d'Alban revient avec un dessert, une tarte aux pommes maison. Elle la coupe en parts généreuses, les sert dans des assiettes. L'odeur de cannelle et de beurre emplit la cuisine, réconfortante, familière.

Ils mangent le dessert en silence, savourent chaque bouchée. La pâte est croustillante, les pommes fondantes. C'est délicieux, parfait.

Quand ils ont terminé, ils restent assis autour de la table, repus, satisfaits. La nuit est tombée maintenant, enveloppe la maison d'un voile sombre. Par la fenêtre, on aperçoit les étoiles, brillantes dans le ciel dégagé.

Alban regarde par la fenêtre, observe les étoiles. Il pense à l'avenir, à tous les possibles qui s'offrent à lui. Il ne sait pas ce qui l'attend, ne sait pas quels défis il devra affronter.

Mais il sait une chose. Il n'est pas seul. Il a sa mère, il a Adélaïde, il a ses amis. Il a le sycomore, il a la Dryade, il a lui-même.

Et c'est tout ce dont il a besoin.

Il se tourne vers Adélaïde, lui sourit. Elle lui rend son sourire, pose sa main sur la sienne.

Dans ce geste simple, dans ce contact, Alban trouve tout ce qu'il cherchait.

L'amour. L'acceptation. La paix.

Remerciements

Merci d'avoir lu *Quand les feuilles tremblent*

Je remercie Vassile, l'illustratrice de mon deuxième roman, pour avoir su capturer avec tant de talent cette ambiance mythologique que j'aime tant. Son travail m'émerveille toujours.

Si tu as aimé ce roman, tu peux mettre un petit avis sur Amazon. Pas besoin d'écrire une grande critique, ni de faire une dissertation pour expliquer pourquoi c'est le meilleur livre du monde. (^_~) Tu peux juste raconter ton ressenti : que tu as aimé lire l'histoire, que tu as adoré les personnages, ou même qu'ils t'ont fait rire.

Du même auteur

Si tu veux connaître d'autres aventures dans la ville de Saint-Georges, je te conseille de lire ***La Maison aux Fleurs de Lys***.

Louanna ne répond pas au téléphone. Le silence inquiète Elen, l'oppresse même. Un mauvais pressentiment la saisit, un de ceux qui brûlent la poitrine et qui ne laissent pas de place au doute. Elle se précipite chez elle, la peur à chaque pas. Elle descend à la cave, hésitante, le souffle court, et s'arrête net. Là, devant elle : le corps sans vie de Lou, suspendu...

Et tout s'arrête. Comme il y a dix ans, avec Lucy. La même douleur. Deux prénoms, deux souvenirs qui s'emmêlent. La seule chose qui les relie : ce piano dans la cave de la Maison aux Fleurs de Lys.

Pourquoi Louanna se retrouve-t-elle là, pendue à côté de ce piano immaculé, d'un blanc si pur qu'il en devient insupportable à regarder ?

Louanna, qui venait tout juste de toucher du doigt un secret enterré depuis dix ans. Un secret qui aurait pu offrir à Elen un peu de paix, peut-être même un peu d'espoir.

Disponible un peu partout sur Internet.

Ma saga romantasy lesbienne dans un monde post-apocalyptique

Lusikka et Nesserine : Rébellion des cœurs

Tome 1 : Mélodie des cendres

Dans un monde en ruines où les morts-vivants rôdent et où l'art est interdit, Lusikka, tireuse d'élite au service de son père, ne survit que grâce à Nesserine, son amante, qui illumine leur quotidien de rires et de couleurs.

Leur vie bascule le jour où, dans les ruines, Lusikka découvre un violoncelle noir. L'instrument, interdit, brisé, marqué de mystérieux motifs rappelle des souvenirs oubliés.

Pour la première fois, Lusikka rêve de beauté dans un monde de silence et de sang.

Mais ce rêve les condamne. Traquées et déclarées ennemies publiques, Lusikka et Nesserine se lancent dans une quête désespérée : sauver et réparer l'instrument défendu.

Dans ce monde dévasté, leur amour paraît naïf. Mais c'est justement cette naïveté qui soulève des montagnes, fissure l'empire, et leur donne la force d'avancer.

Apocalypse, zombies, couple déjà formé : une histoire d'amour lesbienne où la stoic protector et la rêveuse solaire défient un monde cruel.

Noël, la Comédie Musicale de l'Apocalypse: Un conte de Noël absurde où chanter sauve du zombie

Chaque Noël, le lycée de Saint-Georges se transforme en scène de comédie musicale. Paillettes, refrains et pas chassés s'invitent au programme… sauf que cette année, les coulisses cachent une horde de zombies. Et il n'y a qu'une solution pour survivre : chanter plus fort que la mort.

Heureusement, trois héros improbables se retrouvent propulsés sous les projecteurs :

- **Étoile**, le nouveau au cœur immense, mais qui chante faux.
- **Suzanne**, star autoproclamée, diva glaciale prête à tout pour briller… même au milieu des zombies.
- **Noëlla**, la voisine au charme rétro et à la voix sublime.

Le problème ? L'épidémie de zombies ne peut être éradiquée que d'une seule manière : en montant une comédie musicale capable de faire vibrer morts et vivants. Entre fausses notes, rivalités de coulisses et chorégraphies bancales, nos trois héros vont découvrir que, face à l'apocalypse, ce n'est pas la destination, c'est le voyage qui compte.

Réseaux sociaux

Instagram : le_souffle_de_litan

Youtube : Le Souffle de Litan

Toute ma musique sur les plateforme de streaming (Spotify, Deezer, Apple Music etc) : Litan Gayard

www.ingramcontent.com/pod-product-compliance
Lightning Source LLC
LaVergne TN
LVHW100521110826
845146LV00002B/726

9791097903121